布布路

關鍵詞：
單細胞動物、樂觀、熱血

從小與守墓人爺爺一起生活在墓地，因為父親的各種負面傳言，一直受到村裏人排擠，但布布路從不自卑。內心深處相信自己的父親是一位了不起的人物。為了實現自己的夢想以及尋找失蹤父親的消息，他毅然離開家鄉，前往摩爾本十字基地，參加怪物大師預備生的試煉。

賽琳娜

關鍵詞：
大姐頭、敏捷、愛財

出生商人世家的大小姐，卻一點都沒有大小姐的架子，與布布路一樣來自「影王村」。個性豪爽，有點驕傲，對待布布路一視同仁，從不排擠他，只因為她更在乎的是推廣家裏的生意。賽琳娜的目標是收集世界上所有類型的元素石，並熟練掌握這些元素石的運用。

帝奇・雷頓

關鍵詞：
豆丁、酷、毒舌

臉上總是掛着陰沉表情的瘦小男生。帝奇的存在感薄弱，不注意看的話就找不到人了，但是他身邊跟着一隻非常招搖拉風的怪物——成年版的「巴巴里金獅」。對於是非的判斷他有自己的準則，不太相信別人，性格很「獨」。

餃子

關鍵詞：
狐狸面具、神祕、圓滑

在去往摩爾本十字基地的路上，勾搭認識上布布路。戴着狐狸面具，看不出喜怒哀樂，從聲音來聽，似乎總是笑嘻嘻的，高調宣揚自己身無分文，賴着布布路騙吃騙喝，在招生會期間對布布路諸多照應。

冒險、正義、財富、祕寶、名譽……

富有志向的人們啊，

用心發出聲音吧，

召喚那來自時空盡頭的怪物，

賭上所有的「夢想」、「勇氣」、「自尊」，甚至「性命」，

向着成為藍星上最傳奇的 ——怪物大師之路前進吧！

——《怪物大師》題記

MONSTER MASTER

【目錄】CONTENTS
《遠古巨獸的斷齒迷蹤》

Especially written for kids aged 9 — 14 （專為9-14歲兒童製作）

- 【扉頁彩圖】ART OF MONSTER MASTER
- 人物介紹：布布路／賽琳娜／餃子／帝奇

MONSTER MASTER 「怪物大師」無盡的冒險
Mystery of Heinrich's Snaggletooth

怪物大師最愛珍藏

SECRET GAME
MONSTER WARCRAFT
隨書附贈「怪物對戰牌」

穿透文字的「堅強」與「感動」！

DREAM　ADVENTURE　COURAGE　FRIENDSHIP

夢想+冒險+勇氣+友誼

「怪物」與「人類」、「勇氣」與「挫折」、「信仰」與「背叛」、「戰鬥」與「思考」……是心靈的冒險,還是意志的考驗?
請與本書的主人公一同開啟奇幻之門,一起去追尋人生中最珍貴的夢想吧!

把世界的謎團串起來!
MELODIES OF LIFE

這裏是獨一無二的腦細胞幻想地帶,孩子們其樂無窮的樂園。
每部一個練膽故事,它們以神祕莫測的魔力,俘虜着人們的好奇心。
有人說,唯一的抵抗方法,就是閱讀——
請翻開這本書吧,讓人心動的世界正在向你招手……

愛 與 夢 想 的 「 新 世 界 冒 險 奇 談 」 !

引子

CREATED BY LEON IMAGE
LOVE & DREAMS

MONSTER MASTER 9

啟示錄之獸
MONSTER MASTER 9

夜幕降臨琉方大陸，天空像蒙上了一塊厚重的黑色幕布，幾顆閃爍不定的星星在夜空忽隱忽現，一彎瘦巴巴的月牙孤零零地垂掛半空。清冷的月光下，繁華之都北之黎籠罩在沉沉的睡意之中。忙碌了一整天的人們關緊門窗，進入香甜的夢鄉。

唯有一戶人家的屋子裏傳出小孩子刺耳的吵鬧聲，被吵醒的鄰居紛紛發出不滿的抱怨。

屋子裏，母親無奈又惱火地看着毫無睡意的小孩子，提高音量，用威嚇的口吻喝斥道：「你要是再不乖，殘暴之獸就會把你一口吃掉！」

「殘暴之獸？」歡蹦亂跳的小孩子停下來，瞪大眼睛好奇

地看着母親，「那是甚麼？」

「那是一隻兇惡又狡詐的上古怪獸，它的故事記錄在大名鼎鼎的《藍星啟示錄》裏……」

藍星開天闢地之初，出現了兩隻威力無窮的強大怪獸，一隻被稱為「殘暴之獸」，另一隻被稱為「慈悲之獸」。

殘暴之獸來自大海，長着六顆如水蛇一樣的腦袋，六隻翅膀，六根如觸鬚一樣的長角；

慈悲之獸來自大陸，擁有遮天蔽日的紅色羽翼，燃着炙熱火焰的鬃毛，能夠劃出星火的尖銳爪牙。

兩隻怪獸分別掌管藍星的海洋和陸地，左右人類和其他物種的命運。漸漸地，殘暴之獸不滿足於只生活在大海中，它開始覬覦起陸地上豐饒的土壤和美麗的森林，它不甘心和另一隻怪獸分享這個星球，它渴望獨霸天下。

於是，殘暴之獸向慈悲之獸發起挑釁，兩隻怪獸之間爆發了一場慘烈的惡戰。戰鬥持續了三天三夜，一時間電閃雷鳴、洪水咆哮、火山噴發，撼動着大地和海洋。藍星陷入末日般的毀滅之中，無助的人們只能日夜祈禱，希望能逃脫死亡的厄運……

就在人們幾乎喪失希望的時候，大地突然不再震動，海水也不再翻湧，天崩地裂的世界陡然安靜下來。烏雲散去，久違的陽光重新普照，有人驚訝地發現，原本在天空中激戰的兩隻怪獸居然離奇消失了……

講到這裏，母親意味深長地停下來，看向聽得如痴如醉的小孩子。

「消失了？」小孩子緊張得連大氣都不敢喘，焦急地拉扯着母親的衣袖，連連追問，「怎麼會消失？」

母親慈愛地拍拍小孩子的頭，嚴肅地說：「傳說，它們並沒有消失。慈悲之獸在危急關頭犧牲了自己，用盡最後的力量與殘暴之獸同歸於盡了。但事實上，擁有強大力量的上古怪獸並不會輕易死去，它們只是在重傷之下蟄伏起來，進行自我修復和療傷去了。

「而殘暴之獸恢復力量的方式就是吞下不聽話的小孩子，當它吞下了足夠多的壞小孩，就會捲土重來，到那時藍星將生靈塗炭，末日降臨。所以，當個乖小孩吧，別讓它有機可乘！」

聽完母親的話，小孩子不禁打了個寒戰，刺溜鑽進被窩裏，緊緊閉上眼睛，低聲道：「我是聽話的乖小孩，我要睡覺了，這樣殘暴之獸就不會來吃我，災難也就不會發生了。」

母親滿意地點點頭，關了燈，輕步走出小孩子的房間⋯⋯

夜色更加深沉，睡夢中的小孩子發出夢囈的呢喃：「要做一個乖小孩，因為⋯⋯不乖的小孩⋯⋯會招來殘暴之獸⋯⋯」

遠古巨獸的斷齒迷蹤
MONSTER MASTER 9

新世界冒險奇談

第一站 STEP.01

禁忌的尋寶之路
MONSTER MASTER 9

貨艙裏的危險藏匿

碧波萬頃的大海上，一艘造型華麗的大船正在全速航行。金燦燦的船頭雄赳赳地劃破海面，帶起了層層的白色浪花。

船頭的甲板上一片繁忙景象。船員們來回奔走，進行着各自的工作，雖人數眾多，卻井然有序，忙碌的氣氛中不自覺地透露出一種難以名狀的緊張情緒。

相比人來人往的船頭，船尾則顯得十分安靜，甚至能清楚地聽見船體與海水碰撞發出的回聲，咯楞，咯楞，咯楞楞……

　　但如果仔細聽，就會在那單調的咯楞聲裏，捕捉到一絲絲微弱而奇怪的異動。而那不和諧的聲源，來自於船尾貨艙裏的一排貨櫃——

　　「呃……布布路，離我遠一點，你的棺材壓到我的辮子了！」一個低得如同蚊子般的聲音虛弱地抱怨道。

　　「對不起，餃子，哎喲！」黑洞洞的貨櫃中發出一聲悶響，被稱為布布路的人委屈地痛叫一聲，沒動靜了。

　　「我早叫你們不要跟來了，」一個女聲惱火地訓斥道，「布布路，把你的怪物看好，不要讓它到處流口水！」

　　「哦，大姐頭……可是我根本看不到它，這裏太擠又太黑……帝奇你幹嗎……哦哦……」布布路反抗的聲音很快又被堵住。

　　帝奇冷靜地提醒道：「有人來了！」

　　言簡意賅的四個字，讓原本亂成一鍋粥的貨櫃瞬間安靜下來。

　　吱呀一聲，貨艙的門打開了。

　　啪噠，啪噠，一雙鎦金的大皮靴走進來，順着大皮靴往上看去……金絲絨的褲子，孔雀毛的外套……嘖嘖，這人全身上下的穿着似乎赤裸裸地表達着四個字——我很有錢！

　　「仔細檢查，確保每一處安全！」「有錢人」高聲說道，「這次我們航行的目的地可是危機重重的鹽水帶，務必要做到萬無一失，每一個貨櫃都要檢查到！」

　　在「有錢人」的吆喝下，幾個船員擁進貨艙，開始一一檢

查每一個貨櫃,「有錢人」也親自加入檢查的行列,還正好來到之前發出聲音的那個貨櫃前……

躲在櫃中的四個人狠命揪住櫃門,不讓「有錢人」打開。

「咦?這個櫃門生鏽卡住了,來人,用工具撬開它!」「有錢人」拉了幾下沒拉開,大聲叫人幫忙。

糟糕,要被發現了!貨櫃裏的四個人直冒冷汗。

幸好此時甲板上傳來一陣哨聲,一個船員衝進貨艙大聲報告:「船舵出現一點小故障,麻煩您去看一下!」

「有錢人」看着「生鏽」卡住的貨櫃皺了皺眉頭,終於放棄撬開貨櫃的打算,帶着隨行的船員匆匆離去。

餃子和賽琳娜不約而同地長噓一口氣,好險!

布布路則好奇地趴在貨櫃的縫隙處,望着「有錢人」的背影,納悶地嘟囔道:「那張臉好熟悉,好像在哪兒見過……」

「笨蛋!那是我爸!」賽琳娜憤憤地賞了布布路一記爆栗,只離開影王村半年而已,這傢伙居然連她老爸雷納德都認不出來了!

賽琳娜頭疼得單手扶額。不過,她現在之所以和這個白痴同鄉布布路、暈船嘔吐不止的餃子、渾身藏滿暗器的賞金王家族繼承人帝奇以及那隻到處流口水的怪物四不像一起,像做賊一樣偷偷摸摸地擠在一個暗無天日的狹窄貨櫃裏,說來說去,這一切都是由她老爸雷納德引起的……

死亡鹽水帶

三天前，賽琳娜收到一封從影王村寄到十字基地的信。媽媽來信告知，做元素石買賣的家族生意目前面臨破產的危機，爸爸雷納德為了挽救生意，召集一羣人，孤注一擲地打算冒死去大洋深處的鹽水帶尋寶。

關於鹽水帶的寶藏，藍星上有很多相關的傳聞：

有傳言說藍星上最富有的國王，不甘心死後自己在藍星各地搜羅到的無盡寶藏拱手讓與他人，便下令用整個國庫的財富給自己陪葬，但他又害怕皇陵被盜，便想方設法地將自己海葬於大洋深處最神祕的海域——鹽水帶。

還有傳言說，那寶物能令人擁有像十影王一樣的力量，能使擁有者在藍星上呼風喚雨，得到人們的供奉敬仰。

諸多的傳言撲朔迷離，無從考究孰真孰假，但結果的導向都是一樣——得到寶物者從此必然輝煌一生。因此，鹽水帶的寶藏一度成為藍星尋寶界最為神祕而惹人遐想的謎團。

但鹽水帶同時也是令人聞風喪膽的死亡海域！那裏的平均鹽度高達百分之四十，是普通海洋的十多倍，而且全年烈日普照。在如此高濃度鹽分的水中根本沒有生命可以存活，只有一些美食怪物大師為捕捉稀有的鞠翠鳥才會冒死進入鹽水帶的外區，而鹽水帶內區的情形，更是根本沒有任何記載可以參考，因為進入鹽水帶，即意味着將自己投入死神的餐盤！

從來沒有人能活着走出那裏……從來沒有！

然而，愈是令人畏懼的地方也愈令人着迷，無數帶着尋寶之夢的探險者湧向鹽水帶，可惜他們中的大多數人，連鹽水帶的樣子都沒機會目睹就葬身海底。因為在鹽水帶的周邊，還環繞着一圈外海——第四迷宮海域，「四」即是死，是禁忌的象徵。這片海域就像迷宮一般，暗礁和潛流凶險莫測，羅盤和指南針在其中一點作用都起不了，海水的強大拉力瞬間就能將一切撕成碎片。

收到信的賽琳娜十分擔心，她知道一旦爸爸心意已決，誰的勸説都聽不進去。無計可施的賽琳娜只好偷偷上船，打算暗中保護爸爸，不放心大姐頭的布布路三人自然不會袖手旁觀……為防止被雷納德趕下船，四人只能一路躲在狹窄、黑暗的船艙貨櫃裏。

想到這裏，賽琳娜不禁感激地看了看被自己拖累的三個同伴。只希望爸爸能回心轉意，在事情發展到不可收拾之前，先下令調頭返航。

嗝……嗝……這時，布布路身邊那隻渾身覆滿鐵鏽紅雜毛、長得醜兮兮的怪物不耐煩地拍打起腹部來。布布路有了不好的預感：「難道……」

話音未落，噗的一聲，幾個火球從怪物的嘴裏噴射而出，熾熱的火焰頓時吞噬了狹小的貨櫃！

帝奇一把推開貨櫃的門，四人爭先恐後地往外衝，手忙腳亂地撲打身上吱吱作響的火苗。

「哎喲，燙死我啦！」

「四不像的『消化不良』還沒好嗎？」

「笨蛋怪物！」

「布魯！」只見四人身後那隻醜怪物露出心滿意足的表情，大大的銅鈴眼鄙夷地看着慌張不已的四人，彷彿在說：嘖嘖，你們這些人類簡直太遜了！

沒錯，它就是布布路的怪物四不像，剛才那陣突如其來的火焰是之前大家去龍宮時，四不像吞噬炎龍之魂中所蘊含的強大力量而引發的「消化不良」後遺症。（詳見《怪物大師 8．雲海國的魚龍公主》）

「有小偷！快抓住他們！」幾個船員聞聲趕到貨艙。

「我肯定這又將是一次不吉利的旅行。」餃子暗暗叫苦，只要跟布布路和四不像這對活寶在一起，他完全不用擔心自己

的人生不夠「精彩」！

轉眼間，布布路四人被一羣強壯的船員團團圍住，雷納德蹬着大皮靴趕來，一看到賽琳娜，他立刻氣得頭髮都豎了起來。

「你……」雷納德瞪着賽琳娜，暴跳如雷地指責道，「你知不知道這樣做有多危險？」

「爸爸才是帶着整船的人去送死！」賽琳娜反脣相譏。

爸爸？船員們面面相覷。

「你懂甚麼？如果我們家破產了，不止是這些人，將有上百人過得生不如死！」雷納德氣急敗壞地大聲嚷嚷，獅吼功絕不輸給賽琳娜。

看看兩人生起氣來一模一樣的表情以及雷納德家族標誌性的厚嘴脣，布布路三人默契地點點頭，果然是父女！

「咳咳，容在下說一句！」看到兩人互不相讓，餃子上前當起了和事佬，「都是一家人，有話好商量……」

「誰和你是一家人？」賽琳娜和雷納德父女同心，異口同聲地對餃子大吼。

「大姐頭和雷納德叔叔都好兇哦。」布布路害怕地後退一步。

「果然不講道理是會遺傳的。」帝奇攤攤手。

「布魯！布魯！」罪魁禍首四不像事不關己地扇着耳朵跳進布布路背後的棺材裏，似乎嫌他們太吵了。

就在氣氛劍拔弩張之際，甲板上傳來一陣激動的喊聲：

「找到了，終於找到了！」

　　「真的嗎？」雷納德瞬間表情大變，顧不上和賽琳娜爭辯，喜出望外地轉過身，跟身邊的船員疾步衝向船頭。

怪異的引路者

　　前方不遠處的海面上靜靜地矗立着一座小木屋，房檐上掛滿亂七八糟的臭魚爛蝦，屋子造型歪歪扭扭，木板破破爛爛，

幾隻海鳥甚至在髒兮兮的屋頂上築了巢……

大海的中央怎麼會有房子，風格還如此「別致」？

布布路好奇地瞪大雙眼。

「噢！終於找到了！是奴扎克的家！」雷納德興奮地說：「奴扎克是這一代航海經驗最豐富的海民！」

眼前的驚喜似乎掩蓋了剛剛不愉快的小插曲，雷納德對不請自來的四個孩子解釋道：「海民從出生到死亡都生活在大海上，他們以捕魚為生，以船為家。你們看，這其實是一艘船屋，木屋的底座是船形！住在這裏的奴扎克更是了不得，不僅航海經驗一流，最重要的是，傳言他曾經穿過第四迷宮海域，去過鹽水帶！找到他，我們尋寶就有希望了！」

噢噢噢，好厲害！布布路閃着星星眼，趴在船頭觀望，巴不得立刻與奴扎克見面。

大船緩緩地停靠在船屋前，雷納德帶頭登上船屋。

「咦？」布布路眼角一瞥，看見一個模糊的影子在船屋下方的海水中湧動，不過再細看時，海面卻清澈如鏡，沒有甚麼影子的蹤跡。難道是他眼花了嗎？

雷納德禮貌地敲門，船屋的門打開了，一個皮膚黝黑、體格精壯的老人走出來。因常年被海風侵蝕，老人的皮膚粗糙且佈滿刀刻般的溝壑，聲音卻中氣十足：「我是奴扎克，你們是誰？」

雷納德簡明扼要地說明來意，奴扎克聞言臉色一變：「鹽水帶！那是死神的領域！你們是日子過得太悠閒，嫌命太長了嗎？」

「不！這次來鹽水帶尋寶，關係着數十個家庭未來的命運，請您務必幫助我們！」雷納德指指身後大船上滿臉期待的船員們，聲淚俱下地開始遊說老海民⋯⋯

嘩啦啦 ——

船屋外傳來一陣怪異的破水聲，一條如人形大小的透明軟體生物翻卷着身軀浮出海面，爬上船屋，晃晃悠悠地向着眾人蠕動過來。

「噢！剛剛一閃而過的身影就是它！」布布路一拍腦門，「可⋯⋯它到底是甚麼東西？」

所有人都戒備地後退了幾步，賽琳娜和帝奇，就連去過許多地方的餃子也沒見過這麼奇怪的玩意兒。

置身於眾目睽睽之下，那奇怪的軟體生物彷彿察覺到了威

脅，瑟瑟發抖地朝着奴扎克發出求助般的呻吟。

「沒關係，不怕，這些是客人，沒事的……」奴扎克居然和軟體生物說起話來。

軟體生物寸步不離地躲在奴扎克身後，看起來十分依賴奴扎克。大家還發現在它貌似是脖子的位置，用繩子繫着一個精緻的骨雕。

「海民爺爺，它……是甚麼東西啊？」布布路率先提出疑問。

「它叫哈奇，來自鹽水帶，被稱為水蜓。哈奇是我的朋友，不會傷害人的！」奴扎克忙護住軟體生物，一邊安慰它，一邊對面帶警惕的其他人說：「當然也不容許有人傷害哈奇！」

「來自鹽水帶？」雷納德顯然捕捉到了老海民話中的關鍵詞，他雙眼放光地懇求道：「噢噢！這麼說，您真的去過鹽水帶？」

奴扎克的目光飄向遠方，為難地點點頭。

「拜託您無論如何請為我們帶路，這是我最後的希望！」雷納德眼巴巴地看着奴扎克。

奴扎克若有所思地沉默片刻，表情奇怪地神神道道起來：「唉……鹽水帶根本就沒有甚麼寶藏，那只是一個死亡之地。而且就算從鹽水帶活着回來，你們的身體也將不再屬於自己……我知道，即使我這麼說，你們也不會相信。」

「嗯！」雷納德堅定地點頭。他堅信，自古以來愈危險的地方，就愈藏着價值連城的寶藏，只是人們在還沒發現寶藏之前

就被嚇得打退堂鼓了。

「我再次提醒你們，鹽水帶是死神的領域，我曾經目睹無數冒險家為了金錢與榮耀，義無反顧地進入鹽水帶，卻從來沒有人能活着從裏面出來，一個人都沒有！但是你執意要去的話……」奴扎克面無表情地說：「必須要答應我一個條件……」

「甚麼條件？」雷納德迫不及待地問。

「絕不能傷害哈奇和它的同類！如果你們答應的話，我就為你們帶路。但我只負責帶領你們穿過第四迷宮海域，不會和你們一起進入鹽水帶。」迎着眾人的目光，奴扎克說出一個奇怪的條件。

「好！我發誓，絕對不傷害哈奇和它的同類！」穿過第四迷宮海域就等於成功了一半！雷納德激動地一口答應下來，欣喜若狂地回到自己的大船上，跟船員們擊掌歡呼。

賽琳娜一行四人沒有漏掉奴扎克看向哈奇時臉上深深的擔憂，比起一羣人進入鹽水帶，奴扎克彷彿更加擔心哈奇的安危……他們交換着疑惑的眼神，前方將是死神的領域，總之，小心為妙！

遠古巨獸的斷齒迷蹤
MONSTER MASTER 9

新世界冒險奇談
第二站 STEP.02

穿越第四迷宮海域
MONSTER MASTER 9

海民的救命「線團」

奴扎克駕駛着小船屋在前面帶路，雷納德的大船緊跟在後。兩艘船一前一後朝着大洋深處駛去，布布路幾人興致勃勃地擠在奴扎克的小船上。

雷納德面色不悅地看着女兒賽琳娜和她的怪物大師預備生同伴們。當初他反對女兒成為怪物大師就是不想她去冒險，但眼下他的大船沒有配備多餘的小船和補給供賽琳娜他們離開，總不能把女兒像對待海盜一般直接孤零零地丟在海上吧？

想到這裏，雷納德無奈地歎了口氣。

但很快，雷納德就沒心思再考慮這些了，因為他們進入了一片巨大的環形海域，放眼望去，成千上萬可怕的海底漩渦流一個連着一個，一直延伸到水天交接之處。

奴扎克大聲發出警告：「注意！現在已進入第四迷宮海域，沒有航海日誌！也沒有航標！死亡是這片海域永恆的燈塔！你們的大船務必緊跟我的船屋，只要偏離一點航道就會被漩渦捲入深海，死無葬身之地！」

原來所謂的「第四迷宮海域」，其實是一個由無數密集海底漩渦流組成的無邊海域！

這些漩渦流的旋轉速度有快有慢，而且旋轉方向也不統一！最可怕的是，漩渦流急速轉動的同時還會毫無規律地變換位置，一會兒瘋狂怒哮，一會兒銷聲匿跡，一會兒又在另一個地方驟然出現……船隻一旦被捲入任何一個漩渦流，便會像擊鼓傳花一樣，從一個漩渦流被丟入另一個，徹底陷入失重的天旋地轉。

幸運的話，這種可怕的丟拋和旋轉會進行一段時間，但更大的可能是，只需一眨眼的工夫，不論多麼堅固的船隻，都會被這些有如魔鬼之口的漩渦流撕成碎片……

看清海面的情形後，布布路終於明白奴扎克所說的「死無葬身之地」絕非危言聳聽。

「噢，這太可怕了！」賽琳娜緊緊地捂着狂跳不止的心口。

餃子因為暈船而扶在欄杆邊嘔吐個不停，對於這趟旅程他

已經開始後悔了⋯⋯

不過，奴扎克的航海技術果然一流，完全不需任何羅盤和指南針，僅僅憑藉風和海水的流向，就能夠準確地辨別方向。

兩艘船在無數的海底漩渦中岌岌可危地行進，大船緊緊地跟隨着船屋，一寸都不敢偏離。

雷納德和船員們的衣服全都被冷汗濕透，奴扎克所謂的帶路簡直是帶着大家在萬丈懸崖上走鋼索，稍微一個不留神，就會有生命危險！

與眾人的慌張截然相反，奴扎克倒是一副悠閒的樣子，他胸有成竹地打着舵盤，一次次精準地避過從四面八方襲來的洶湧漩渦流，引領兩艘船在凶險難測的魔鬼海域中有驚無險地向前。而那隻名叫哈奇的軟體生物緊挨着他，與他親密無間地站在船頭。

「好厲害！」布布路發自肺腑地讚歎，並按捺不住地發問：「海民爺爺是怎麼做到的？好想跟他學哦！」

帝奇在一旁淡然地反問：「你沒聽過用線團走迷宮的故事嗎？」

「那是甚麼故事？」布布路眨眨眼。

為緩解暈船症，餃子虛弱地給孤陋寡聞的布布路講解道：「在藍星的神話傳說中，曾經有一隻牛頭人身的兇殘魔怪，每當它做完壞事就會躲到一座錯綜複雜的迷宮裏，根本沒有人能抓到它。後來，有一個聰明的勇士，靠着一卷神奇線團的指引，破解了迷宮，找到並打敗了作惡多端的魔王。」

「噢，我明白了，海民爺爺也是靠線團的指引才能躲避漩渦流的！」布布路立刻從故事裏聽出了門道，不過他接下來的行為就不那麼聰明了，只見他困惑地四下張望，「可是線團在哪兒呢？」

在第四迷宮海域裏，除了一個個海底漩渦，哪兒有線團的蹤影？

「小鬼們，別找了，我使用的『線團』是魚！」奴扎克一語道破天機。他指了指海面上閃爍的銀光。

布布路定睛一看，原來那是由無數的銀色小魚組成的魚羣，魚羣正若隱若現地在漩渦流的縫隙間

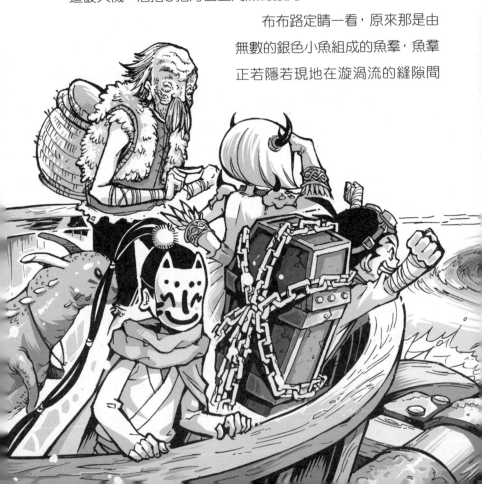

穿梭，曲折輾轉地向前方游去，引領着船屋前進。

原來是這樣！生活在這片海域裏的小魚一定知道怎麼躲開危險，奴扎克正是利用魚羣作為指引航向的「神奇線團」。

奴扎克從口中吐出一枚小小的骨哨，那骨哨與軟體生物哈奇脖子上掛着的骨雕非常相似。老海民自豪地介紹道：「這是我家族傳承的寶物，用先祖的一截小指骨製成。將它含在口中，壓在舌頭底下，會吹出特定的曲調和音訊。這種音頻雖然人類聽不到，卻可以指揮魚羣。作為祖祖輩輩都生活在大海上、經驗豐富的海民，這是必備的技能！

「海民是最瞭解大海的人類，所以並不是所有人都能當海民，只有傳承了守護海洋意志、被海洋選中的人，才能吹出這神聖的海洋之曲！」

奴扎克的話語中帶着身為海民的驕傲，也讓人對神祕、廣闊、充滿不可思議的力量的海洋充滿讚歎和神往。

鹽水帶的異動

在奴扎克的帶領下，兩艘船有驚無險地穿過第四迷宮海域，所有的海底漩渦流全都被甩在身後，眼前是一片蔚藍無波的寬闊海面。

不過，在這片海面的盡頭處，赫然橫陳着一條如同白色絲帶般的分割線。隨着船的駛近，布布路他們發現，那白線在無限延展，原來那根本不是一條線，而是一片無邊無際的白色海面！

海怎麼會是白色的？眾人面面相覷。

眼尖的布布路最先看出端倪：「那不是海水，好像是……甚麼白色的固體！」

「那是海水結晶形成的鹽殼，真正的海水被覆蓋在鹽粒的下方，所以看不到水流的湧動，也無法感受海風的強弱變化，一切海民的常識和航海的經驗在那裏都不起作用，那就是你們要去的鹽水帶，是比第四迷宮海域更加凶險可怕的地方！」船屋停下來，等大船行駛到跟他並肩的位置時，奴扎克面色嚴肅地對雷納德說：「剩下的路要靠你們自己了，你們的補給正好夠你們在鹽水帶待上五天，我會在這裏等你們五天，如果五天後你們沒回來，意味着你們被永遠地留在鹽水帶了。那麼到時我就會自己離開……」

奴扎克的話讓大家壓力倍增，他們必須抓緊時間，在五天內找到傳說中的寶藏，按時返航！

事不宜遲，布布路四人回到雷納德船上，雷納德立刻吩咐起航。

隨着奴扎克的船屋漸漸遠離視線，大船劃破平靜的海面，駛入鹽水帶……

進入神祕的鹽水帶後，海面上一絲風都沒有，沒有海浪拍打船體的聲音，也看不到一隻海鳥，四周出奇的安靜，只有灼熱的太陽默默地炙烤着在鹽水帶孤獨航行的大船。船上的氣氛變得更加沉悶壓抑，每位船員都緊繃着神經嚴陣以待。

庫吱、庫吱、庫吱……

忽然，一陣陣古怪的雜訊自大船的底部傳上來，那如同粉筆硬生生劃過黑板一般尖厲的摩擦聲讓人頭皮發麻。聲音持續加劇，使得船員們一個個汗毛倒立、坐立難安。人們開始四處尋找聲音的來源，甲板上原本有序工作的水手們漸漸混亂起來。

「鹽分愈高的海水，就會有愈多的鹽化晶體浮在海面上，久而久之就會形成一層面積巨大的鹽殼，沉重的船體駛過，碾破鹽殼，自然會發出這樣的聲音。不是甚麼稀奇的事！不需要大驚小怪！」帝奇觀察着海面，很快抓住了關鍵點。

「沒錯，年輕人的觀察力很敏銳啊！目前船已經位於鹽水帶腹地，儀錶顯示海水的含鹽度已達百分之七十以上！」雷納德指指儀錶盤，順勢安撫船員的情緒。

船員們情緒剛剛穩定了下來，注意力很快又被另外一件詭

異的事情吸引過去 —— 船速明顯慢了下來，可駕駛艙的速度錶盤分明顯示大船目前是開足馬力全速行駛中！

更加不對勁的是，船體居然傾斜起來，船頭微微翹起，整艘船緩慢而詭異地向上爬升着……

庫吱 ——

在一聲拖長的刺耳怪聲之後，船舵徹底轉不動了，船體完全停滯下來，像有甚麼東西牢牢地卡住了船底！

「我們下去看看！」布布路四人立即決定下船檢查船底。

「站住！」雷納德拖住賽琳娜，嚴厲地訓斥道：「你瘋了嗎？說不定這片鹽水帶裏也存在海底漩渦流，貿然下去不是找死嗎？你在十字基地就學會了這些嗎？如果這次能活着回去，我一定要給你辦退學！」

甚麼都沒做就被爸爸全盤否定，賽琳娜氣得眼睛都紅了。

眼看父女之戰一觸即發，餃子忙跳出來打圓場：「雷納德叔叔，您的猜測可不科學！如果這裏也有海底漩渦流的話，大船早就被撕碎了，怎麼可能把船往上頂起再卡住呢？」

雷納德吞了下口水，乾瞪眼說不出話。是啊，大船先是傾斜爬升，又被死死卡住，這絕對不可能是海底漩渦流造成的。可這到底是怎麼回事呢？

即使經驗最豐富的船員，此刻也只能互相交換着驚慌失措的眼神。沒錯，這裏可是一切常識都不適用的死亡鹽水帶。

趁着沒人注意，布布路縱身一躍，跳下了船。

「布布路！」

「噢，這傢伙還是這麼衝動！」

大家一股腦兒地擁到欄杆邊，緊張地探頭向下看去 ——

預料中的落水聲並沒有傳來，布布路居然穩穩地站在了海面上。

他好奇地在鹽殼上跳來跳去，大聲喊道：「噢噢，這裏真有趣！我能聽到海水在下面流動，鹽殼很結實哦，比地面還穩當！」

「鹽殼怎麼會這麼結實？」賽琳娜震驚不已，要知道，布布路還背着金盾棺材呢。

餃子摸了摸狐狸面具，恍然大悟道：「一定是鹽水帶的含鹽量太高，所以鹽殼便愈結愈厚，海水因含鹽量的增加，浮力也隨之上升，導致船吃水愈來愈淺，最後徹底被托浮到固態的鹽殼之上。離開了水，船自然也就無法再前進！」

雷納德點頭同意餃子的分析，扭頭指示船員：「去把船艙內的火藥拿出來，只要把鹽殼炸開，讓船重新落回海水中，就能繼續航行了。」

船員們聽聞便欣喜地忙碌起來，然而船下的布布路卻一聲大吼：「不對勁，你們快看！」

不知何時，船體外部的下方已經被白色的鹽晶體覆滿，更讓人恐懼的是，那些鹽晶體彷彿有生命一般，正順着船身詭異地不斷攀爬上來……

這是成為怪物大師的必經之路!!!

路!向所有的困難發起挑戰吧!

尊敬的讀者：現在你跟隨布布路一起踏上了成為怪物大師的道

怪物大師職業選定指南

Q01

你的同伴突然表示家中出現意外，不能參與原定要執行的任務，你會怎麼做？

A. 認為同伴和友誼最重要，決定一同退出任務，幫助同伴解決家中的意外。

B. 認為執行任務高於一切，你自己依然按原定計劃去執行任務。

C. 先詳細詢問原因，視情況決定是執行任務還是幫助同伴。

D. 以此為藉口退出任務，但其實是自己想休息。

E. 擲硬幣決定是要執行任務還是幫助同伴。

■即時話題■

帝奇：如果是我，一定選擇 B。

餃子：容在下提醒你一句，實際上你現在正和我們一起偷偷搭船，要幫助大姐頭他們一家去鹽水帶尋寶。

帝奇：……（努力想藉口中）

布布路：嘿嘿，帝奇會這麼做，當然是因為鹽水帶是傳說中的驚險之地，與其留在基地給怪物們刷牙刷毛，不如去冒險才有意思啊！

賽琳娜：哼，布布路你這個做事衝動又不計後果的傢伙，我早說了不要你們跟著！而且明明 C 才是較為理智的選擇，你們難道不覺得嗎？

餃子：那是，我一向同意大姐頭的看法！

帝奇：哼，我只是不認為給怪物刷牙刷毛算甚麼必須執行的任務……

賽琳娜：豆丁小子，你這句話敢和白鷺導師說嗎？

完成這個測試後，你可以鑒定自己適合成為甚麼類型的怪物大師。

記下你的選擇，測試結果就在第十部的204，205頁，不要錯過哦！

遠古巨獸的斷齒迷蹤
MONSTER MASTER 9

新世界冒險奇談
第三站 STEP.03

危險魔窟的邪奏曲
MONSTER MASTER 9

驚駭，有生命的鹽晶

「這……這是甚麼情況，鹽……鹽粒活過來了嗎？」雷納德和船員們嚇得臉色蒼白、瞠目結舌。

咻咻咻 ——

一道道白光在甲板上閃過。幾個船員發出驚恐的叫聲，他們手中裝滿火藥的大木桶一個個全都被飛速閃過的東西捲下船！

賽琳娜三人定睛朝船下看去，那些木桶迅速被白色的鹽晶

體覆滿，一眨眼工夫全都沉入鹽殼中。

　　「那真的是鹽晶體嗎？不是甚麼怪物嗎？」賽琳娜用力地揉自己的眼睛。

　　「不好，有東西抓住了我的腳！」混亂中，鹽殼上的布布路哇哇大叫起來。

　　蠕動的鹽晶體正迅速地吞噬着他的腳踝，布布路使勁地反抗和拉扯，但那些鹽粒吸力驚人，不僅拉不斷，反而順着布布路的小腿愈爬愈快……

　　白色的鹽晶體轉眼便埋沒布布路的胸口，布布路的掙扎幅度愈來愈小，轉眼就要變成一座白花花的人體鹽晶雕像了！

　　嗖嗖嗖──

　　帝奇適時地躍上船欄，指尖寒光乍現，數枚五星鏢擦着鹽晶體射過，鹽晶體發出痙攣般的顫動，猛地鬆開布布路，往鹽殼內縮去。

　　大家終於看清，那蠕動的鹽殼竟然是和奴扎克養的哈奇一樣的軟體動物——水蜓！

　　只是眼前這些水蜓的體表覆蓋着一層厚厚的鹽晶體，白茫茫的鹽殼成了它們的保護色，不仔細看根本看不出來。

　　「謝了，帝奇！」布布路邊道謝邊手忙腳亂地爬回大船甲板上。

　　帝奇根本顧不上理睬他，因為目前的情勢十分嚴峻——大船雖然被高含鹽度的海水托浮上鹽殼，但這些水蜓卻想將船拖入海底，在兩股力量的較勁之下，船體傾斜和停滯。

　　然而這種相對平穩的狀況並不會維持太久，愈來愈多的水蜓正朝着大船聚集而來，最初上百隻的數量成倍增加，很快就數都數不清了⋯⋯

　　厚重堅固的鹽殼開始發出不堪重負的斷裂聲，船員們驚慌失措地抽出隨身的匕首或長劍，想要擊退趴在船邊蠢蠢欲動的水蜓。

　　「住手，誰也不許傷害水蜓！」賽琳娜對着船員們高聲喊道：「別忘了，我們之前曾經向奴扎克發過誓，絕對不能傷害哈奇和它的同類！」

　　如果不擊退水蜓，大船很快就會被拖下鹽殼，所有人都要葬身海底。船員們此時可顧不上賽琳娜

的勸阻，一個個叫囂起來：「我們是來尋寶的，不是來找死的！這裏的水蜓可是具有攻擊性的，它們想把我們活生生地拖下鹽殼，沉入海底！就算你是大小姐，現在也不能命令我們！」

「雷納德老大，說句話吧！可不能為了一個莫名其妙的誓言，讓我們一整船的人都陪葬吧？」

「可是我們早有承諾啊……」雷納德額頭不停地冒着汗，心裏左右為難地掙扎着。

「奴扎克一定早知道我們會在鹽水帶裏遭遇襲擊，才會讓我們發下那種奇怪的誓言！」

「對，他分明是存心要害大家！那種誓言根本不必遵守！」水手們紛紛開始起哄。

「可是，我爺爺說，做人一定要信守承諾，言出必行是怪物大師的基本道義之一……」布布路好心地想要勸說眾人，但他的聲音完全淹沒在眾人的七嘴八舌中。

眼看大家的意見無法達成統一，甲板上陷入一片騷亂，餃子舉起船上的海貝喇叭高聲嚷道：「都不要吵了，我有辦法！」

絕妙的逃脫戰術

聽到餃子說有辦法，大家都齊刷刷地看向餃子，氣氛也從嘈雜的喧鬧中安靜了下來。

「大家聽我說——」餃子清清冒煙的喉嚨，手腳並用地向眾人介紹他的計劃，「與其在這裏爭吵到底要不要和這些水蜓

大戰一場而自亂陣腳，倒不如順水推舟，借力使力，利用危機來擺脫困境！」

眾人面面相覷，不知道餃子葫蘆裏賣的甚麼藥。

餃子胸有成竹地繼續說：「我們即使趕走水蜓，船也會被鹽殼卡着動不了，不如乾脆停下船的動力，讓聚集而來的水蜓們儘快將船拖下水，利用它們使船身擺脫鹽殼。在船沉下去的瞬間，帝奇讓巴巴里金獅在船尾發出獅王咆哮彈，利用反作用力推動船身，與此同時，我讓藤條妖妖揮出藤鞭掃開纏住船身的水蜓，而大姐頭讓水精靈在船頭向鹽殼噴射水流，成功的話，船就能借着這股力量在厚重的鹽殼上滑行，進入鹽水帶中央！」

「嗯……好辦法，與其坐以待斃，不如將計就計，背水一戰！」雷納德用欣賞的目光重新打量着餃子，沒想到女兒的同伴竟然還能想出如此「大膽」的計策。

「你們的怪物……真的這麼厲害嗎？」船員們議論紛紛。

「我們可是鼎鼎有名的摩爾本十字基地的怪物大師預備生啊！請大家相信我們吧！」賽琳娜眼神堅毅地看着那些有些猶豫的水手們。

布布路興奮不已，一臉躍躍欲試的表情，帝奇則鎮定地點頭附和。

船員們似乎被他們身上散發的勇氣和信心感染了，終於不再吵鬧，決定按餃子的計劃進行。

餃子三人掏出怪物卡，各自釋放出怪物，準備行動。

　　沒一會兒工夫，鹽殼在愈來愈多的水蜓的拉扯下，終於哧嚓一聲斷裂，大船順着巨大的裂縫轟然栽下去，帝奇和賽琳娜忙向自己的怪物下達指令。

　　「嗷——」巴巴里金獅甩動着一頭威武的金色鬃毛，吸入的大量空氣壓縮在胸腔內，然後猛地一口氣釋放出去！

　　「唧——」水精靈在鹽殼上建起一條水流滑道，而藤條妖妖將吸附在船體上的水蜓悉數掃飛出去。

　　一切如餃子所計劃的，大家配合得天衣無縫。在一片興奮的驚叫聲中，大船在一行人的合力之下飛上了鹽殼，順利滑行着前進起來……

　　「哇噢噢噢噢！」布布路興奮地揮舞着手臂，「開船嘍！」

　　一段時間後，雷納德舉目四望，欣喜若狂地對大家說：「大船已經越過覆蓋着厚重鹽殼的鹽水帶外區，現在海面上的鹽殼已十分稀薄，大船可以輕易地破開鹽晶體，自由地在海面上行駛了。」

　　「耶！成功了！」船員們紛紛擊掌歡呼。

　　大船重新落回水中，雖然船體有些擦傷，但擺脫了恐怖詭異的水蜓，又通過了那些極難通過的有着超厚鹽殼的海面，所有船員，包括雷納德，都對布布路四人感激不已。

　　「大小姐，您和您的夥伴們，還有這些怪物，簡直太厲害了！」幾個激動的船員淚流滿面地圍住賽琳娜。

　　雷納德只好不情願地對着遠處嘮叨：「哼，看來……十字基地還真教了你們一些小本事。」

危險，會動的海底船塚

這時，船頭的布布路指着大船的正前方，像發現新大陸一樣喊道：「大家快看！前面有一座塔樓！」

眾人這才注意到，前方的海面上，有一座熒熒發光的白色塔樓，靜靜地屹立在白茫茫的鹽水帶裏，有種渾然一體的感覺。

隨着距離的接近，大家這才驚訝地發現，這哪兒是甚麼塔樓，分明就是一堆高高堆疊在一起的沉船之塚。

「船塚」的上半部分高高聳立在海面上，下半部分則沒入海水中。由於長年累月被鹽水沖刷，位於海平面上的沉船表面全部鹽化，所以遠遠看去才被誤認為是白色的塔樓，而海中的部分則鏽跡斑斑，漆黑一片。

餃子謹慎地觀察着一艘艘覆滿鹽晶的船骸，滿腹疑惑地說：「這麼多沉船全都堆砌在這裏，肯定不對勁！」

「我倒覺得這麼多沉船在這兒，也許說明傳說中寶藏所在的位置距離我們近在咫尺了。」雷納德樂觀地說，他的手仍因為興奮而不停地顫抖，「我們最好能到水下仔細看看，也許寶藏就在底下。」

「我下去看看！」布布路自告奮勇地站出來，帝奇也默默地跟在後面。

賽琳娜點點頭，轉身對雷納德說：「水精靈會為我們製造能在水中呼吸的水泡，所以就由我們四個去吧！」

「可是⋯⋯」雷納德不放心地看看女兒，又看看身邊船員們興奮且期盼的目光，只好心軟地囑咐道：「小心點！」

賽琳娜明顯感覺到，爸爸看自己的目光中少了幾許懷疑，多了幾絲信賴。她因此大受鼓舞，操控起水精靈也更加得心應手。短短數秒，水精靈就製造出四個一人大小的水泡。

被水泡包裹住的四人先後潛入海中⋯⋯

水下的沉船無一例外地佈滿創口，破爛的船體黑漆漆地堆疊在一起，散發着讓人膽寒的幽冷氣息。四人小心翼翼地一路下潛⋯⋯

漸漸地，布布路感覺呼吸有些困難，按理說有水泡包裹，這種缺氧的情況應該不會發生⋯⋯

但沒等布布路將心中的疑惑問出口，賽琳娜突然一臉驚駭地低呼道：「水精靈的狀況很奇怪，我無法控制它了！」

　　似乎是驗證賽琳娜的話一般，旁邊水泡中的帝奇和餃子也露出呼吸困難的表情。

　　隨着水泡中空氣的迅速流失，窒息的感覺愈來愈強烈，水泡也隨之愈來愈扁塌。

　　禍不單行的是，原本一動不動堆疊在一起的沉船像是突然「活」了過來，居然一艘艘地脫離「船塚」，疾速向着布布路他們撞擊過來！

　　「快閃開！」帝奇一聲大喊，四人忙扭轉身體，分散躲避。但這些沉船就如同長了眼睛一般，在他們身後窮追不捨。

轟轟轟轟轟……

船與船的相撞不僅產生巨大的悶響，被撞裂的船體碎片也伴隨急劇翻湧的水流，打着轉兒地衝向四人，整個水下世界被攪得天翻地覆！

很快，布布路他們就注意到，這些沉船的撞擊並非毫無目的，它們圍攏在一起，形成一面厚實且快速旋轉的船陣之「牆」，像是有意識地阻止他們繼續深入水下。

「唧唧……」水精靈的異狀更嚴重了，它雙眼緊閉，渾身劇烈地顫抖個不停，發出微弱的呻吟。

完全失去控制的水泡帶着四人失重地朝海水的深處下墜，再這樣下去，他們會直接撞上這些疾速盤旋的沉船！

「水精靈，你怎麼了？水精靈，快恢復正常……」賽琳娜心慌意亂地呼喚着自己的怪物，但是她愈急，就愈無法與水精靈重新建立起心靈感應。

依稀間，賽琳娜聽到一個陌生而充滿蠱惑力的聲音，催眠般地回應着她——

「人類啊，來吧，快來吧！就是你了……」

你是誰？賽琳娜下意識地想要尋找聲音的源頭，突然，一艘沉船狠狠地朝着賽琳娜迎面撞過來……不知不覺間，她居然已經下墜到船陣的夾縫之中。

「大姐頭，小心！」布布路四肢並用地在水泡裏亂刨，奮力撲過來，一把推開賽琳娜，瞬息而至的沉船轟的一聲撞到布布路背後的棺材上，將布布路撞飛數米。

被撞得暈乎乎的布布路抬起頭，就見另外兩艘沉船呼嘯着朝賽琳娜夾擊過去，完蛋了，他來不及去幫大姐頭了！

千鈞一髮之際，帝奇和餃子一左一右及時地拉住賽琳娜的一隻手，合力將她往上拉了出來。轟的一聲，巨大的撞擊力讓兩艘沉船齊齊攔腰折斷，船頭與船頭相撞的部分瞬間碎成一塊一塊的……

如果剛剛是大姐頭被夾在中間的話，大家根本不敢想像那個可怕的畫面！

此時水泡也愈來愈薄，四人相互拉扯着，使出渾身解數在水泡中奮力划動，一番掙扎後，終於重返水面，隨即一個個精疲力竭地癱倒在甲板上。

遠古巨獸的斷齒迷蹤

MONSTER MASTER 9

新世界冒險奇談
第四站 STEP.04

被禁制的海底棺木
MONSTER MASTER 9

突破，船塚下的祕密

「那些船好像擁有自主意識般在保護着甚麼……」賽琳娜心有餘悸地將海中的情況告知爸爸和船員們。

雷納德凝神沉思了一會兒，分析道：「這些沉船如此詭異，極力阻撓大家下潛，說明深海處必然隱藏着甚麼祕密，看來，我們要尋找的寶藏就在這座『船塚』的下方！」

「沒錯，我們必須想辦法突破這層『沉船防禦』，到深海處一探究竟！」

「可是，該如何突破沉船的防禦呢？」

「炸掉這些船是最直接而省力的方法，可惡的是，我們船上的火藥全都被那羣軟體生物拖入海底了。」

……

船員們議論紛紛，卻始終沒有想出甚麼好辦法。

無計可施之下，他們齊齊將期盼的目光投向四個預備生，經過這段時間的相處，他們已經對四個人的能力十分認同了。

布布路豪邁地拍拍胸脯說：「不要擔心，是我的怪物出馬的時候了！」

船員們剛剛見識了巴巴里金獅的獅王咆哮彈，水精靈的強力水柱，還有藤條妖妖的藤鞭攻擊。難道那隻其貌不揚的紅色雜毛怪物有甚麼更驚人的能力嗎？

眾人趕緊奉上溢美之詞：

「想不到摩爾本十字基地的預備生這麼強，真是太讓人佩服了！」

「有你們幫忙，我們一定能找到寶藏！」

「這次航行幸好有你們在！雷納德先生，您真是好福氣，有一個了不起的女兒！」

聽了船員的奉承，雷納德心裏也漸漸得意起來，不過他表面上仍擠出不悅的表情，裝腔作勢地哼唧道：「嘖，雕蟲小技而已，她要想趕上我，還差得遠呢。」

「四不像，醒醒啊！」布布路打開棺材，「該你上場了！」

「布魯！」四不像被吵醒了，不耐煩地看了看那堆破敗的沉

船，拿鼻孔對着布布路噴氣，似乎嫌棄這種任務對它而言太大材小用。

布布路只有出絕招了，他伸出一隻手，張開五指在四不像面前晃了晃。四不像搖搖頭，掰開他另外一隻手。

真是奇怪的交流方式，其他人都看傻眼了，完全不明白這一人一怪物在幹甚麼。

「白痴！」帝奇嗤之以鼻。

作為同伴的三人自然知道，剛剛布布路許諾給四不像十塊草莓蛋糕。

交易達成，四不像不屑地點點頭，一下子跳上布布路的腦袋，叉着腰，渾身雜毛根根豎起，豁然張開大嘴 ——

「大家快閃開！」餃子三人同時跳起，將甲板上的船員全都撲倒。

轟隆隆！十字落雷！

一串紫紅色的耀眼雷電從四不像口中噴薄而出，穿過甲板，直衝向沉船堆。

露出海面的沉船被炸得七零八落，熾熱的烈焰將整片鹽殼全都點燃。鹽水帶沸騰了，從海下到海面，堆積的沉船燃燒成一條火龍，濃烈的焦糊味和鹹澀的海腥味鑽進每個人的鼻孔……

破壞力太驚人了！所有人都忍不住吞了吞口水。

「老天保佑，這個破壞狂別把海底的寶藏也給燒了。」餃子頭疼地祈禱着。

火焰漸漸平息，海面上浮滿沉船的碎片，看起來沉船差不多都被燒成焦炭了，布布路四人再度冒險下水。

沒了沉船的遮擋，在水泡的包裹下，四人暢行無阻地潛入海底，水下本應極暗，此時卻閃着星星點點的光亮⋯⋯

這是怎麼回事兒？四人面面相覷。

隨着下潛的深度，他們很快就找到了答案 —— 船塚的底部令人咋舌！那赫然是一座巨大而堅固的黑色鐵籠，上面縱橫交錯地纏滿了比胳膊還粗的鐵鍊子，鐵籠的縫隙中透出奪目的金色光亮，給海底幽深的黑暗世界帶來一股魔力，吸引着人靠近，再靠近⋯⋯

「鐵籠裏是一具棺材！」眼尖的布布路驚聲叫道。

鐵籠內部橫陳着一口巨大的鎦金棺木！棺木四周金光閃閃，在這片沒有任何生命存在的高鹽度海水中，透着詭異又神祕的氣息。

這就是傳說中國王的棺槨嗎？但尊貴的國王又怎麼會把自己的遺體鎖在堅固的鐵籠中呢？

難道，另有玄機？

種種古怪之處讓大家繞在鐵籠周圍，不敢貿然靠近。

黑火的侵襲

水下一片寂靜，帝奇仔細觀察着鐵籠，剛想說些甚麼，包裹着賽琳娜的水泡忽然疾速朝鐵籠靠過去。

「大姐頭！」布布路感覺不對勁兒，追了上去。

賽琳娜的表情十分古怪，像變了一個人似的，看也不看布布路，而是朝着鐵籠快速游去。她游動的速度極快，姿勢也極其優美，如同人魚一般，愈游愈快……

一眨眼的工夫，她就游到鐵籠邊，也徹底地將只會狗刨式的布布路遠遠地甩在後面。

與此同時，鐵籠內的金色光亮愈發刺眼，已經完全看不到棺木的輪廓。

一條藍黑色的觸鬚悄無聲息地從金光中伸出，赫然襲向賽琳娜。

「大姐頭，小心！」布布路三人驚叫起來，但賽琳娜對大家的呼喊置若罔聞，反而張開雙臂，迎向藍黑色的觸鬚。

轟隆隆！

巨大的轟鳴聲湧進耳中，三個男生根本來不及上前拉住賽琳娜。一團黑色的火焰從鐵籠的金光中騰騰躥出，將賽琳娜完全包裹住，鐵籠附近的海水瞬間全被黑火吞噬，化為濃墨般的「黑霧」，然後便甚麼都看不清了。

　　布布路急迫地划動着四肢，奮勇地朝他所記得的賽琳娜的位置游去，然而，他剛剛接近那股「黑霧」，一股鑽心的灼痛便襲向全身。

　　「嘶！好燙！」

　　布布路咬緊牙關，並沒有退縮，大姐頭還在裏面，他必須把她救出來！

　　這時，一股強大的力量出現在布布路的身後，將他猛地拽

離了熊熊燃燒的「黑霧」。

「你瘋了，這黑火不簡單！」帝奇的額頭冷汗涔涔，他衝布布路吼道。

沒錯，黑火絕對不正常，在海水中還能燃燒，而且還燒得愈來愈旺。周圍的海水都快被加熱到沸點了，開始咕嘟咕嘟地冒出氣泡。

隔着水泡的布布路三人也都感覺到那種逼人的熱量！

剛剛布布路只是雙手短暫地接觸到黑火，包裹他的水泡就吱吱作響，灼熱的熱氣貫穿而入，把他的皮膚燙得通紅。要不是帝奇及時拉住他，恐怕只需短短數秒，他就會被燙壞了！

「完蛋了，這樣下去，大姐頭會有生命危險！」布布路急得滿頭大汗。

「不！我們身上的水泡還在，大姐頭應該暫時沒有生命危險！」帝奇冷靜地分析道。

但張牙舞爪的黑火依舊阻隔着三人的靠近，沒有人知道那一團黑色火焰的中心此刻發生着甚麼。

突然，一陣隆隆的怪聲傳來，黑火開始迅速消融退散，堅固無比的鐵籠從中間轟然裂開，一團人影隨着崩裂的鐵籠一起被彈了出來。

「是大姐頭！」布布路急聲大喊。

三人一擁而上接住賽琳娜。令人難以置信的是，大家親眼看到賽琳娜被致命的黑火吞噬，可氣泡中的大姐頭竟然毫髮無損。

「哇，大姐頭你真厲害，竟然能防禦黑火！」布布路又驚又喜。

「大姐頭，到底發生了甚麼事？」餃子關心地詢問道，面具底下的一雙狐狸眼狐疑地看着崩裂的鐵籠。

「我也不知道是怎麼回事，」賽琳娜滿臉困惑，「剛才，我的腦中出現一個渾厚的聲音，誘惑着我靠近那具棺木……在被黑火包圍的一瞬間，我覺得燙極了，但很快，那種灼痛感就消失了，取而代之的是一陣舒適無比的清涼，然後我就失去了知覺……再回神我就在你們身邊了。」

大姐頭的回答絲毫沒有減輕大家的疑惑，反而讓事情愈發詭異。

「我們退回到船上再說！」餃子提議。

四人隨即用繩子和鐵鈎將那具海底棺木套牢，扯動繩子向大船發出收起繩索的信號，沉重的棺木被緩緩吊起……

被禁制的力量

四人重新回到大船上，被打撈起的鎦金棺木已停放在甲板上。

那棺木華麗而詭異，製作它的材質根本無法形容！

雷納德是經營礦石、元素石和各種貴金屬的行家，眼力比女兒賽琳娜還毒上不止百倍。但是此時他也不知道這棺木究竟是甚麼材料製成的。棺木四邊的立體浮雕渾然天成，造型飽滿

霸氣，並且在鹽度這麼高的海底存放了不知道多少歲月，居然一點被腐蝕的痕跡都沒有，如同嶄新的一般！

雷納德激動得全身顫抖：「這一定就是傳說中國王的棺木，貪婪的國王必然不會讓寶藏和自己離得太遠！說不定，國王會將最價值連城的寶貝當作陪葬品放進棺槨中！」

「賭上性命尋寶⋯⋯我們⋯⋯成功了！」船員們忍不住熱淚盈眶，迅速搬來各種工具，準備撬開棺蓋一看究竟。

「等等！」帝奇突然攔住眾人，指着貼在棺木封口處的那些黃色條幅說：「我剛剛在水下就發現這是傳說中的元素禁制符，多半是用來封印不祥的東西。」

「元素禁制符是甚麼東西？」布布路目不轉睛地盯着那些奇怪的黃色條幅。

帝奇表情凝重地解釋道：「元素禁制符，是將強大的元素力量集中在一張小小的條幅上，當任何力量企圖進入被禁制的範圍時，禁制符上的元素力量就會啟動，阻止外來的力量解開封印。當外來的威脅消失後，之前釋放出的元素力量會自動回到禁制符內，直到下一次禁制符重新啟動。因而元素禁制符可以循環使用，只是它的力量會隨着時間的流逝而慢慢減弱。

「而這些正是代表火元素力量的禁制符，這就可以解釋我們在海底為甚麼會遇到怪異的黑火。另外，考慮到元素相剋的原理，在強大火元素禁制符的禁制範圍內，水元素的力量必然會被削弱甚至消失，所以在我們第一次下水的時候，水精靈才會失控。」

「但是……」說到這裏，帝奇臉色愈發陰沉，「這些火元素力量本身也存在很多詭異的地方，我可從來沒有聽說過有黑色的火焰。」

「這棺材必然大有文章！」餃子單手托着下巴盤算着。

「還有這個，」賽琳娜手中拿着一小塊黑乎乎的東西，「這種黑色礦石叫玄重鐵，拿在手裏非常沉。這種黑礦石非常稀有而且難開採，只存在於地下一萬米左右的巖石層裏。它具有類似強力磁鐵般的特殊吸力，而煉金師將不同的神祕禁咒能量灌入玄重鐵之後，它便能產生對不同物質的吸引力！這些玄重鐵因為極其稀少，並且屬性特殊，所以多被運用在世界上各種頂級精密儀器最核心的部分！那座鐵籠整個都是由這些特殊黑礦石打造的，讓人難以置信！」

「我懂了！因為黑礦石的特殊吸力，所以那些在鹽水帶遇險失事的沉船全都被吸引了過來，最終在鐵籠的上方堆疊起來，形成之前我們看到的『船塚』。」布布路恍然大悟。

「眼下不管是元素禁制符還是玄重鐵都相當罕見，看來傳說中的國王為守住自己的寶藏真是煞費苦心！」餃子嘖嘖稱奇，又若有所思地補充道：「不過，元素禁制符通常用來禁制不祥之物，莫非國王的奇珍異寶中暗藏着不乾淨的東西？」

布布路小聲問道：「你們看，這些條幅都裂開了，是不是說明它們已經沒用了？」

「這就是最奇怪的地方！剛潛下海底的時候，我就注意到這些元素禁制符了，當時它們明明完好無損。」帝奇不解地說：

「按理說，元素禁制符具有極強的自我保護能力，除非遭遇重大意外，否則極難被損壞。但剛才我們根本沒做任何破壞性動作，元素禁制符怎麼會自行損壞呢？」

　　說着，帝奇與餃子對視一眼，兩人不約而同地想起賽琳娜在海底時的奇怪舉動，那是否和元素禁制符的損壞有關係？

　　「不管怎麼樣，打開棺材就知道了！」一片沉默中，雷納德激動地高聲說道：「我們來鹽水帶尋寶原本就是拚死一搏，以生命為賭注的賭博早在我們進入第四迷宮海域就開始了，現在既然費力將棺木打撈了上來，我們沒有理由再把它丟回海裏！況且那個甚麼元素禁制符也失效了，如果棺材裏真關着甚麼不祥之物，早就逃了，看它現在一點兒動靜都沒有，說明裏面的

東西沒有危害！」

　　雷納德的話得到船員們的一致贊同：

　　「對，我們死裏逃生走到這兒，沒理由空手回去。」

　　「就是，如果找不到寶藏，我們就拿不到工資了。」

　　「打開棺材，打開棺材！」

　　說話間，幾個身強力壯的船員粗魯地撕下元素禁制符，抄
起工具開始撬棺。

　　棺木上鑲滿粗大的鉚釘，棺蓋十分沉重，餃子他們上前幫
忙……只有布布路站在原地，手中拿着一張元素禁制符，禁制
符上繪着奇怪的圖騰，讓他覺得異常眼熟，可無論如何他也想
不起在哪裏見過。

「一二三，嘿喲！一二三，嘿喲！」

在眾人的齊心協力下，笨重的棺蓋被推開了，一股股怪異的黑水順着開啟的棺縫洶湧噴射而出，圍在棺木邊上的人全都避之不及……

下一瞬間，棺蓋轟的一聲彈開，那混沌無比的黑水愈噴愈多，彷彿沒有窮盡一樣，帶着強勁的衝力，轉眼就將大船周圍的世界全都污染得昏天黑地，一時間船上船下哀叫連天。

「哈哈哈，我終於自由了！」

一個有如猛虎出閘般的嘶吼聲從棺木中驟然爆發，那聲音彷彿是被壓制了千萬年一般，振聾發聵，所有人都被震得耳膜刺痛。

緊接着，一個渾身佈滿藍色銘文的男人暴突着赤紅的雙眼，從一大片渾濁的黑水中赫然躥出！

怪物大師職業選定指南

Q02

你和同伴們為了尋寶來到一處人跡罕至的危險地帶，只有你突然發現了一具被封印的棺木，你會怎麼做？

A. 心中大呼，哇，裏面一定有寶貝！立刻召集同伴來開棺。

B. 先行獨自開棺，若是出了問題，也由自己承擔，不拖累同伴。

C. 意識到棺木中必然大有問題，決定將棺木帶回去，等調查清楚後，再開棺。

D. 棺木甚麼的最不吉利了，不想沾惹上麻煩，當沒看見。

E. 大聲呼叫同伴們過來，集體投票討論該怎麼處置這具棺木。

■即時話題■

餃子：從剛剛開始我就在思考一個問題，難道就沒有那種不存在危險的尋寶旅行嗎？為甚麼每次尋寶的過程都好像是在尋死呢？

賽琳娜：如果說尋寶是件沒有危險的事情，人們也不必經歷千辛萬苦，也不必賭上性命，只要隨便動動手就能獲得寶藏，那尋寶本身就失去了它該有的意義！

帝奇：換個角度來考慮一下藏寶的人，當你耗盡畢生心力所收集的寶貝被人輕易取走，你會甘心嗎？所以藏寶的人自然要製造各種陷阱機關來保護寶藏！

餃子：兩位說得很有道理，我受教了。

布布路（強勢插入對話）：我倒是覺得現在遇到的危險都挺刺激的！我還期待能有更多精彩的冒險呢！

餃子三人同時斜眼看他：負分，溝通無能，滾出！

完成這個測試後，你可以鑒定自己適合成為甚麼類型的怪物大師。

記下你的選擇，測試結果就在第十部的204，205頁，不要錯過哦！

MONSTER MASTER +LOVEi DREAMS+

這是成為怪物大師的必經之路！！！

尊敬的讀者：現在你跟隨布布路一起踏上了成為怪物大師的道路！向所有的困難發起挑戰吧！

遠古巨獸的斷齒迷蹤
MONSTER MASTER 9

新世界冒險奇談
第五站 STEP.05

悲喜交加的奇跡生還
MONSTER MASTER 9

棺材裏的人

　　棺材裏面居然跳出一個活人！

　　棺木中源源不絕噴射而出的黑水早已遠遠超過棺木的實際容量，如同在棺木內部撕開一個通往異世界的缺口，肆虐的黑水將原本白茫茫的鹽水帶染成黑色，而那覆蓋在海面上的厚重的鹽殼在遇到黑水之後，就如同被重度腐蝕了一般融化開來。

　　難道這個渾身覆滿藍色銘文的男人就是傳說中藍星上最

富有的國王?難道說被封印的「不祥之物」就是國王?

布布路四人暗叫不妙,想要抓住那個男人,可是在黑水的震盪之下,海面劇烈翻湧,騰起一條條水龍捲般威力十足的惡浪,大船被衝撞得顛來盪去,岌岌可危。

要穩住身體已經很不容易,更別提出手制伏那個男人了⋯⋯

「哇啊啊啊啊!大家小心!」

「救命!救救我!」

甲板上的人全都狼狽地抓着船舷或抱着桅杆,幾隻怪物也無法穩住身體發起進攻,只能靠着藤條妖妖的藤條左拖右拽着,才不至於滾下濃墨般污濁的海水中。

那男人鄙夷地掃視一遍眾人,最後目光在賽琳娜身上惡狠狠地停留數秒,隨後縱身躍入咆哮的海水中,不見了蹤影。

隨着那男人的消失,棺木中的黑水停止了噴射,這些黑水除了觸感滑膩黏稠之外,似乎並不對人有甚麼其他的危害。

整個鹽水帶中的黑色加速擴散,大船在黑水的裹挾中失控地向前推進,不知不覺中,大船已被蔓延的黑水捲到鹽水帶的外區 —— 棲息着眾多水蜒的厚重鹽殼海域!

那些水蜒並沒有像之前一樣迫不及待地攀附上船體,而是一個個發出吱呀吱呀的淒慘怪叫,驚慌地逃離肆虐的黑水。

狂暴的黑水洶湧澎湃地沖刷着整個鹽水帶,漸漸形成了一股股強勁的黑色水龍捲,水龍捲衝破層層累積了千百萬年的厚沉鹽殼,在半空中不可思議地幻化成數隻巨大的手掌形狀,掌

心朝下，向着大船拍來。

看着壓頂而來的「黑手」，每個人心裏都咯噔一下。完了！大船會被「黑手」拍扁，而他們也會就此葬身鹽水帶！

「全速前進！」雷納德撕心裂肺地喊道。

帝奇在第一時間做出反應，命令巴巴里金獅故技重施。在獅王咆哮彈的作用力下，大船猛地躥出十幾米。

而「黑手」不偏不倚地落在剛剛大船所在的位置！巨大的衝擊力引發了一股威力不小的海嘯，夾着一股三四米高的巨浪從船尾奔襲而來！

震耳欲聾的巨浪拍打着船體，大船顫顫巍巍地加速前行起來，眾人的尖叫聲此起彼伏。

誰都不敢想像這樣一艘笨重的大船居然像一艘快艇一般在大海中航行！將再次聚攏起來的「黑手」遠遠地甩在身後。

不知過了多久，船頭的布布路指着海平面的方向發出驚喜的呼叫：「我看到海民爺爺的船屋了，我們走出鹽水帶啦！」

所有人悲喜交加。喜的是大家終於有驚無險地被「送」出鹽水帶；悲的是他們沒有找到任何寶貝，好像還釋放出一個不知禍福的大麻煩！

返航途中的混亂

破爛不堪的大船緩緩停靠在船屋前，一直在鹽水帶外緣等待的奴扎克驚呼道：「你……你們居然能平安從鹽水帶出來，

這……這真是太令人不敢相信了！」

一旁的哈奇從水中跳上船，揮舞着短短的雙臂，似乎在歡迎大家。但船員們看向它的目光不再新奇和友善，哈奇被嚇得刺溜一聲鑽回船屋裏。

被嚇破膽的船員們無心閒聊，也沒力氣和奴扎克計較他讓大家許的那個要命的承諾，只是紛紛開口催促奴扎克趕快帶他們穿過第四迷宮海域，離開這裏。

奴扎克看起來欲言又止，似乎對船員們的憤怒心知肚明，他沉默地啟動船屋，在前頭為大船帶路。

雷納德指揮着破破爛爛的大船吱呀吱呀地跟在後面，駛進了密集的魔鬼漩渦流……

疲憊的眾人癱坐在甲板上休息，默默祈禱着這艘滿目瘡痍的破爛大船能順利載着大家駛完全程。

誰也沒注意到賽琳娜的臉色變得愈來愈慘白……

「大姐頭，你要幹甚麼？」突然，布布路發出驚駭的叫聲。

就見賽琳娜如離弦之箭般衝向船邊，翻過圍欄就要往洶湧的海底漩渦中跳！

「來人啊，快救救我的女兒！」雷納德歇斯底里地抱頭大叫。

說時遲那時快，餃子猛地甩出長辮，纏住賽琳娜的腰，險險將她拖了回來。

但大家還來不及鬆口氣，砰的一聲，餃子反被落回甲板的賽琳娜甩飛出去，重重地撞在船的桅杆上，船體劇烈地搖晃了一下，船員們如驚弓之鳥一般驚慌不已。

「大姐頭不對勁，快抓住她！」餃子吃痛之下，大聲疾呼。

布布路和帝奇趕緊一人一邊抓住賽琳娜的肩膀，賽琳娜奮力扭動身軀，力量大得驚人，兩個男生幾乎架不住她，幸好幾個身強力壯的船員及時圍上來，幫忙死死地將她按倒在地。

「女兒，你怎麼了？」

「大姐頭，你別嚇我們啊！」

賽琳娜的眼神空洞，對眾人的呼喚毫無反應，還發狂般在三個同伴的身上和臉上抓出一道道血痕……

「怎麼會這樣？我女兒難道瘋了嗎？」雷納德急得直跳腳。

就在眾人不知所措的時候，一個無比驚恐的聲音從前面的船屋中傳來：「快！趕緊把她綁起來，她的情況就和……就和當年……我弟弟一樣！」

是老海民奴扎克！

他的弟弟怎麼了？大家心裏不約而同地湧起強烈的不安。

此時兩艘船正好駛出第四迷宮海域，大船停止了搖晃，船員們趁機找來繩子，將賽琳娜捆了個結結實實。

賽琳娜像是漸漸耗盡了力氣，不再掙扎，最後沉沉地昏睡過去……

✚五年前的悲劇

「賽琳娜究竟怎麼回事？你都知道些甚麼？」雷納德和布布路他們依次跳上船屋，懇切地看着老海民。

　　奴扎克用混濁的雙眼掃視了在場的一行人，然後深深吸了一口氣：「我已經警告過你們！可你們偏不聽。現在好了，悲劇又再度上演了……」

　　「甚麼悲劇？」布布路焦急地問道。

　　「十五年前的悲慘往事……」奴扎克就像是被人觸及了不願被觸及的回憶一般，用悲涼的語調說道：「我弟弟從小就立志要成為一名怪物大師，他成年後便離開了大海，後來居然真的成為一個小有名氣的怪物大師。後來，弟弟自信滿滿地重回海上，決定向神祕的鹽水帶發起挑戰，並請求我帶領他和他的怪物大師同伴們穿過第四迷宮海域。弟弟希望能找到傳說中讓人擁有像十影王那樣的影響力的寶藏。

　　「鹽水帶是海民代代相傳的禁忌之地，所以當時我將弟弟他們送到鹽水帶外區後，就留在原地等待他們。進入鹽水帶前，弟弟信誓旦旦地對我說，他們只需要三天便會帶着寶藏歸來。然而到了約定的日子，弟弟他們卻遲遲沒有出現。

　　「即使深知鹽水帶的危險，我仍無法接受弟弟一行葬身海底的事實，我孤零零地守望着，四天，五天……直到第十天……就在我開始感到絕望的時候，遠遠地，在白茫茫的鹽水帶中，浮出一截船板，船板上趴着一個奄奄一息的人，正是我的弟弟！

　　「我又驚又喜，急忙將他救上來，可是卻驚懼地發現，弟弟的身體竟然發生了可怕的變化。他的雙腿如同覆蓋了一層鹽粒，皮膚、骨骼，甚至肌肉，全都變成白色的顆粒狀晶體，幾

天後，晶體開始軟化，變得透明。

「我難過地詢問弟弟究竟遭遇了甚麼，他的同伴在哪裏？但意識模糊的弟弟一開始還能哼出一些意義不明的字句，後來就甚麼都不會說了……與此同時，我發現弟弟對水變得異常渴求，幾乎一天到晚泡在水裏，一旦離開水，就會發出痛苦的哀號。這種可怕的異變從雙腳蔓延至全身，最後……」

「難道……」聽到這裏，餃子已經猜出了老海民弟弟的身份。

「沒錯，現在我船屋水缸裏的水蜓 —— 哈奇，就是我的弟弟。」奴扎克長歎了口氣，「我永遠都忘不掉，哈奇最後反覆呢喃的話 —— 這是至高無上的奉獻，我們的身體不再是我們自己的……」

「這麼說，我們在鹽水帶遇到的水蜓大軍……莫非，是之前迷失在鹽水帶的尋寶者……它們……它們曾經都是人類？」想到這裏，連神經遲鈍的布布路也不由得汗毛直立。

奴扎克點點頭：「所以我才要你們別傷害它們。」

「難怪即使是賞金王·雷頓家族也拒絕接受任何與鹽水帶相關的任務……」帝奇的額頭上冒出涔涔冷汗。

大姐頭也會像哈奇一樣異變成黏糊糊的軟體生物嗎？布布路憂心忡忡地抓起賽琳娜的手臂，上面果然爬滿了鹽晶體顆粒……

「你為甚麼不在一開始就告訴我們這些事情？這麼做不是故意讓我們去送死嗎？」雷納德怒不可遏，一把揪住奴扎克的

衣領。

奴扎克瞪着眼睛反駁道：「我警告過你！是你一意孤行要去尋寶！若不是你的貪念，你的女兒也不會變成這個樣子！」

雷納德垂頭喪氣地坐到地上，失神地呢喃着：「沒錯！是我把賽琳娜弄成這個樣子的，都怪我，都怪我……」

看得出來，雖然雷納德平時對賽琳娜很嚴厲，實際上他是很疼愛女兒的。這次來尋寶，也是不想拖累女兒，沒想到最後卻害了賽琳娜……

遠古巨獸的斷齒迷蹤
MONSTER MASTER 9

新世界冒險奇談
第六站 STEP.06
幻覺的魔爪
MONSTER MASTER 9

水的禁忌

　　夕陽消失在海平面後，夜幕降臨，兩艘船停泊在第四迷宮海域外，破爛不堪的大船上，傳出一陣陣爭吵聲 ——

　　「我一定要救我的女兒，奴扎克，請你帶路，讓我再次進入鹽水帶查明真相！」

　　「對，找到棺材裏的那傢伙就能找到解救大姐頭的辦法！」布布路舉手應和。

　　「要去你們自己去，我們絕對不想再拿生命冒險，根本沒

有甚麼寶藏，我們要離開這個鬼地方！」船員們知道哈奇竟然是人類以後，嚇得集體罷工。

「天色太晚了，不宜行船通過第四迷宮海域，還是停在這裏休整一晚，明早再作定奪吧。」奴扎克出聲勸說。雷納德的痛苦和懊惱讓他感同身受，他們的親人同樣受到鹽水帶的詛咒和折磨。他想了想，又寬慰雷納德說：「我想，只要不接觸水，異化就會暫時得到一定的遏制，只是人體會感到痛苦和不適⋯⋯」

「對，絕對不能讓大姐頭再與水接觸，今晚我們三個最好輪流守夜，別再出甚麼意外。」餃子看了看昏睡中的賽琳娜，提議道。

「那我值第一班，」帝奇謹慎地從賽琳娜口袋中掏出怪物卡，「現在這個狀況，最好連水精靈也不要接觸，暫時由我們來替她保管怪物卡吧。」

漫漫長夜在眾人的忐忑不安中一分一秒地過去⋯⋯

「布布路，該你值班了。」半夜，餃子的聲音傳入耳中。布布路揉着惺忪的睡眼，來到大姐頭的休息艙。賽琳娜早醒過來了，她雙手被捆綁在椅子上，雙頰凹陷，臉色鐵青，如同擱淺在海灘上的魚兒般奄奄一息。

「大姐頭，吃點東西吧，不吃東西會生病的。」布布路輕聲勸說，順手從旁邊的餐桌上拿起一隻水果。

賽琳娜固執地搖了搖頭。雖然桌子上擺滿了雷納德準備的

食物，但大姐頭顯然沒有半點兒食欲。從鹽水帶出來後，她就滴水未進，布布路十分擔心她的身體狀況。

「布布路……」賽琳娜艱難地翕動嘴唇，用哀求的眼神看着布布路，「求你給我鬆綁……」

「對……對不起，大姐頭，我不能答應你！」布布路想起雷納德和餃子他們的警告，又想起哈奇身上發生的可怕異變，只得狠心拒絕。

「給我鬆綁，給我鬆綁！」賽琳娜突然情緒激動地大喊大叫起來，彷彿中了魔咒一般。

布布路只好扭開頭，避開賽琳娜的目光。

大概是因為賽琳娜的身體實在太虛弱了，沒喊幾聲，她渾身一軟就陷入昏迷狀態。

「大姐頭！大姐頭！」布布路焦急地搖晃着賽琳娜的肩膀。

哐——

賽琳娜連人帶椅子摔到地上，砸碎了擺在旁邊的餐盤，食物撒了一地，她的身體開始可怕地痙攣，眼珠泛白，口中無意識地溢出痛苦的呻吟。

「餃子，帝奇，大姐頭不對勁！」布布路心急火燎地跑出去找人幫忙……

當餃子等人和布布路一起返回休息艙時，地上只剩一小片沾血的餐盤碎片以及割斷的繩子，賽琳娜不見了！

「糟了，中計了！」餃子暗叫不妙，「大姐頭是用苦肉計支開你，然後乘機逃跑，按照奴扎克的說法，大姐頭現在對水的渴

求非常強烈，那麼她此刻一定是在有水的……」

餃子的話還沒說完，布布路、帝奇和雷納德已紛紛衝上甲板。

異變，詭異的藍色銘文

東方的天空，第一顆啟明星正從海平面緩緩升起，船員們還在疲憊地沉睡，甲板上空無一人，船下的海面也一片平靜無瀾……

布布路他們四下張望，大姐頭去哪兒了？

「我聞到大姐頭的氣味了！」布布路撲通一聲跳下海，緊接着又是兩聲落水聲，帝奇和餃子也毫不猶豫地跟着跳了下去。

咕嚕咕嚕⋯⋯冰冷的海水中，布布路口中吐着水泡，指指自己的鼻子，又指向海水深處，表示賽琳娜的氣味在那裏。

帝奇和餃子心領神會地點頭。

三人朝着黑洞洞的水下游去，果然沒多久就發現了賽琳娜的身影，只是她的旁邊還有一個意料之外的人影 ——

是那個從棺木裏蹦出來的男人！他正挾持着賽琳娜朝深海的方向沉去。

咻咻咻！帝奇撒出數把梭形飛刀，不愧是雷頓家族的繼承人，梭形飛刀的速度絲毫不受水壓的影響，凌厲地朝着男人飛去！

他逃不掉了！

嘩啦啦 —— 帝奇還沒來得及露出勝利的笑容，海水中憑空生出一大團黑色的漩渦，那男人迅速消失在漩渦之中，翻滾的黑水甚至連同幾枚飛刀也一起吞沒了⋯⋯

在翻滾的漩渦中，賽琳娜的身體像一片飄零的葉子般被甩了出來，布布路三人忙游過去，合力將大姐頭拖出海面。

四人返回船上，賽琳娜慢慢睜開眼睛：「你們都在⋯⋯」她恢復了清醒。

接着，賽琳娜心有餘悸地跟大家說出她感受到的一切：「離開第四迷宮海域後，我感到自己累極了，剛坐到甲板上就瞬間失去知覺，接下來的事情，我甚麼印象都沒有⋯⋯

「等到我的意識稍微恢復一些，我驚愕地發現自己整個人都浸泡在海水中，奇怪的是我不僅不覺得窒息和壓迫，反而覺得十分舒服，好像自己本來就生活在水中似的。正在我困惑的時候，周圍的海水突然咕嘟咕嘟地冒出一連串黑色的泡泡，泡泡不斷增多，最後幻化出一個黑色的漩渦，一顆人頭從漩渦中探出來 —— 一雙赤紅的眼睛死死地盯着我！是那個逃出海底棺木的男人！

「我嚇壞了！很快，那人完整地出現在我的面前。他向我伸出手，好像在說甚麼，但我的耳朵裏都是洶湧的水聲，我甚麼都聽不清楚⋯⋯他那隻佈滿藍色銘文的手死死地抓住我，我掙扎着，而我被抓住的那隻手臂上⋯⋯居然長出和那人身上一模一樣的怪異銘文！」

說到這裏，賽琳娜摘下手套，只見她手肘以下果然爬滿了藍色的銘文，那些銘文就像刻入身體一般，從內向外泛出令人心驚的藍色光芒。

「隨後，我聽到幾聲落水聲，你們就出現了！而那個男人就

如同之前出現時一樣，憑空消失在黑水漩渦中……」

雷納德面色沉重，女兒遭遇的一切太離奇、太詭異了，他都不知該如何是好了。

「這麼說，我們要尋找的人自己追來了。」餃子面具下的狐狸眼疑惑地轉了轉，仍未明白這個人的目的是甚麼。

「那傢伙不簡單！」帝奇語氣低沉地說。

「這……這是怎麼一回事兒啊？」布布路詫異地指着賽琳娜的手臂問：「不知道哈奇是否也遭遇過相同的事呢？」

「哈奇？你們是說奴扎克養的那隻水蜓嗎？」賽琳娜疑惑地問。

「對了，你昏睡過去所以沒聽到……」布布路三人隨即將哈奇的故事告訴賽琳娜。

聽完哈奇的故事，賽琳娜終於明白為何父親和同伴們的臉色憂慮重重。她勉強擠出一絲笑容，對雷納德和同伴們說：「抱歉，讓大家擔驚受怕了。我保證絕不會再靠近水，也許這樣，異變就不會發生了。」

雖然說着寬慰大家的話，但布布路注意到賽琳娜渾身都在發抖，此刻她心裏肯定充滿了恐懼。布布路暗自下定決心，一定要保護大姐頭，絕對不讓哈奇的悲劇發生在大姐頭身上！

怪物大師職業選定指南

Q03 雖然大家都接觸到被封印的棺木，但只有某一位同伴的身上發生了古怪的異變，你會怎麼做？

A. 立刻帶這位同伴去醫問診。

B. 着手調查棺木，尋找導致同伴發生異變的線索。

C. 第一時間隔離這位同伴，自己守在外面，時刻關注同伴的異變有沒有加劇。

D. 害怕惹事上身，所以避開同伴。

E. 聽其他同伴的安排。

■即時話題■

餃子：說到異變，我們認識的人中間當屬黃泉最詭異，他的半邊臉都是骷髏，可不就是半人半怪？所以大姐頭，你現在不過就是想要多泡泡水，而且也還沒有像哈奇那樣……總之，沒事沒事，別擔心！

賽琳娜：但是我寧願變成半邊骷髏臉，也不想變成黏糊糊的水蛭，因為至少我還有半邊是人臉。

餃子：……（語塞）

布布路（偷偷瞄餃子）：餃子你額頭上長着第三隻眼睛……其實也算異變吧！

餃子：布布路，能不能別提我的這件破事兒，我感覺自己中槍了！

帝奇：誰叫你選了個最沒建設性的安慰方式。（白眼）

完成這個測試後，你可以鑒定自己適合成為甚麼類型的怪物大師。

記下你的選擇，測試結果就在第十部的204，205頁，不要錯過哦！

這是成為怪物大師的必經之路！！！

路！向所有的困難發起挑戰吧！

尊敬的讀者：現在你跟隨布布路一起踏上了成為怪物大師的道

《MONSTER MASTER》
+LOVE·DREAMS+

遠古巨獸的斷齒迷蹤
MONSTER MASTER 9

新世界冒險奇談
第七站 STEP.07

顛覆世界的巨大祕密
MONSTER MASTER 9

管家爺爺的救援

天色大亮，雷納德和布布路他們決定無論如何也要再次進入鹽水帶，查明真相。

但大船破爛不堪，看起來幾乎要散架了，根本無法再次經受艱苦的航行，船員們又抵死不願再次涉險，而老海民奴扎克的小船屋根本裝不下那麼多人。

一時間，雷納德面臨要船沒船、要人手沒人手的困境。

正當他心急如焚又無計可施之時，一艘大船遠遠地疾速

駛來，船頭上還有個人影在奮力地揮着手，像是在刻意吸引眾人的注意。

「啊，是管家爺爺！」賽琳娜最先認出來者的身份。

「管家爺爺？」餃子一頭霧水。

「那是大姐頭家的管家爺爺，名叫托勒，他是個很⋯⋯很⋯⋯」布布路想向餃子和帝奇介紹，費了半天勁憋出一個奇怪的形容詞，「很奇特的人。」

餃子還沒來得及追問「奇特」的原因，那艘大船已經駛近，一個尖聲尖氣的聲音蕩氣迴腸地傳入眾人的耳中：「老爺，小姐，我終於找到你們了——」

眾人抬頭望去，就見一個身材魁梧，留着八字鬍，倒三角的下巴尖得像是能串糖葫蘆的小老頭，從船頭上縱身一躍，以跳芭蕾舞的姿勢向雷納德的船上躍過來。

「哇！小心！」餃子他們嚇得全都伸長雙手想要去接，要知道，兩艘船之間的距離可是不小呢，連健壯的水手都沒把握一下子跳過去，更何況是個老人家。

　　可是，接下來所有人都傻眼了！那老頭身輕如燕，輕而易舉地就跨了過來，直接單膝跪落到甲板上，謙卑地向雷納德請起安來。

　　「管家爺爺是很多年前我爸從很遠的地方請回來的，聽說年輕時身手很棒，爸爸經常開玩笑說他既能當管家還能當保鏢，雖然現在他年紀大了，但還是個精神十足的可愛老頭。」賽琳娜小聲地對餃子他們解釋。

　　托勒抹了抹眼裏的淚花，用抑揚頓挫的語調對雷納德說：

「老爺，您這是何苦，做生意一時陷入困境也是難免，何必要把自己逼上絕

路……幸好老夫及時趕到，才能阻止你們進入那個要命的鹽水帶！只要托勒在，就絕不會讓老爺和小姐鋌而走險……」

「呃……管家爺爺，其實我們已經進去過了，現在是準備第二次進去，只是沒有船，能把您的這艘大船借給我們嗎？」布布路忍不住打斷托勒的長篇大論。

「甚……甚麼？進去過了？」雖然托勒極力克制着自己的情緒，但從他抽搐的鬍鬚來看，他的內心正在經歷霹靂閃電般的震撼。

隨即，雷納德將事情的經過，以及大家為甚麼要再次進入鹽水帶的理由說給托勒聽。

說話間，托勒驚疑不定地打量着躲在奴扎克身後的哈奇，看起來有些害怕，但哈奇卻一反害怕陌生人的常態，用綠豆大的小眼睛凝視着托勒……

良久，托勒一拍大腿，仰天長嘯道：「老天，怎麼會這樣？老夫還是來晚了！老夫對不起老爺、夫人、小姐！對不起菲爾卡家的列祖列宗！請讓我代替小姐受苦吧！」

在托勒聲色俱佳的誇張哭喊聲中，全船人不禁大冒冷汗。沒想到布布路這次居然用對了形容詞，管家大人果然很「奇特」！

「咳咳，我說，管家，」雷納德面色尷尬地提高音量，「你為甚麼也跑到這裏來了？我不是讓你去外地進貨的嗎？」

「老爺！」托勒選擇性忽略雷納德的疑問，哭唱着拖長音道：「得知您出發尋寶後，老夫多方探查，終於打聽到，所謂鹽

水帶裏的藏寶根本是人們的謬傳，而這些謬傳背後其實隱藏着一個足以顛覆世界的巨大祕密……」

失落的水之牙

足以顛覆世界的巨大祕密？這消息也太聳人聽聞了吧！所有人都震驚了。

「管家爺爺，你到底打聽到甚麼，快點告訴我們吧！」布布路心急地催問。

托勒壓低嗓音，神祕兮兮地問：「你們聽說過『水之牙』嗎？」

水之牙？所有人都緊張地屏住呼吸，齊齊搖頭表示沒聽說過。

托勒深吸了一口氣，收起一貫誇張的表情，嚴肅地向眾人解釋道：「傳說中，水之牙是水元素始祖怪海因里希的牙齒。海因里希是早在上古時代之前就穿越到藍星的始祖怪之一，歷史上並沒有記錄它是被誰召喚而來的，只知道它最後與火元素始祖怪炎龍發生一場大戰，並最終被炎龍打敗。但它留下一顆水之牙，這顆牙齒蘊含着巨大的、足以顛覆世界的力量，焰角・羅倫將它封印了起來，但誰也不知道水之牙究竟藏在哪兒……」

提到炎龍，布布路眼睛都閃亮了，那可是他最崇拜的十影王焰角・羅倫的怪物……布布路下意識地從口袋裏掏出一張

皺巴巴的條幅，正是之前貼在海底棺木上的元素禁制符。

托勒面色一驚，指着禁制符，驚呼道：「這……這是焰角・羅倫的印記！」

難道說，海底棺木是由十影王焰角・羅倫封印的？

炎龍打敗海因里希，焰角・羅倫封印水之牙，如此推斷，鹽水帶裏的祕寶十有八九就是水之牙！難怪像哈奇那樣的尋寶者前赴後繼地冒着生命危險進入鹽水帶，傳說中那寶物能令人擁有像十影王一樣的力量，這麼說來的確合情合理！

「可是，您怎麼會知道這個從久遠時代流傳下來的祕密呢？」精明的餃子提出疑問，似乎不太相信一個小村莊的管家爺爺能得到如此機密的信息。

「這……」托勒思索片刻，艱難地說：「老夫無法再透露更多的細節……」

見托勒似有難言之隱，雷納德忙站出來打圓場：「托勒就像是我們家的親人，他絕不會欺騙我們。」

「對，我相信管家爺爺！」賽琳娜也附和道。

「我也相信管家爺爺的話，可是……我們打開棺木後根本沒發現甚麼牙齒，只放出了個古怪的男人。」布布路困惑地抓腦袋。

「水之牙究竟是甚麼樣子的？」帝奇問出關鍵問題。

「這……老夫也不知道，也許除了焰角・羅倫，誰也沒見過……」托勒遺憾地搖搖頭。

「不管怎麼說，如果我們真的不小心釋放了焰角・羅倫封

印的水之牙的話，那麼事態就比我們想像的還要嚴重許多，我們必須想辦法及早彌補。問題是現在我們連半點頭緒都沒有，不清楚焰角‧羅倫在這裏封印的到底是不是水之牙，也不清楚被釋放的人究竟是誰⋯⋯」餃子回想起他們的海底奇遇，總覺得疑點很多。

眾人一頭霧水，托勒開口建議道：「老夫還聽說，焰角‧羅倫將他畢生的冒險經歷都記錄在冊，保存在他的故鄉影王村，我想那其中必然也記錄了和海因里希以及水之牙有關的事情。與其再次進入鹽水帶冒險，我們不如回影王村尋找線索。只要找到有關水之牙的記載，勢必能救大小姐！」

「噢噢噢，焰角‧羅倫的冒險筆記？管家爺爺，村子裏真的有這種東西嗎？」從小在影王村長大的布布路驚訝得眼珠子都要飛出來了。

托勒捋了捋下巴上的小鬍子，點點頭：「事關大小姐的安危，老夫絕不會信口雌黃！」

看到布布路和管家爺爺一問一答的互動，賽琳娜笑着問：「管家爺爺，看不出你和布布路關係倒是挺好的。」

「是啊，我很喜歡這小子，況且老夫也十分討厭村裏那些光憑身世就看扁人的傢伙！」托勒伸手揉揉布布路的腦袋。

「嘿嘿，管家爺爺和村子裏別的大人不同，平日就對我挺好，每次遇見都會給我吃他研發的新料理⋯⋯」布布路笑嘻嘻地對三個同伴解釋。

有了新線索，雷納德也不再執意要重返鹽水帶，他對奴

扎克說：「抱歉，我們要暫時離開了，您弟弟的事，我深感遺憾……」

「不，你們的選擇是對的。」奴扎克平靜地說：「我對附近海域非常熟悉，十五年來，從來沒有生還者離開鹽水帶，我也沒找到任何能救治我弟弟的線索。既然焰角・羅倫的故鄉有可能有水之牙的線索，目前看來回影王村應該是最好的選擇。另外……」奴扎克頓了頓，彷彿在做激烈的思想鬥爭，終於他請求道：「請務必讓我帶着哈奇與你們同行。」

「因為當時沒能阻止弟弟進入鹽水帶，所以在這裏苦苦內疚了十五年，現在終於有了線索，用水之牙的力量說不定也能解救哈奇，只要有一線希望，我無論如何也不想錯失這次機會。」奴扎克堅定地說。

既然奴扎克心意已決，大家也不好拒絕。奴扎克拿出一個用海民祖傳的特殊工藝編織而成的背簍，盛滿海水，將哈奇放入背簍裏，便跟雷納德和眾船員一起上了托勒開來的新船。

船隻開始返航，漸漸駛離大洋深處。誰也沒有留意到，船隻後面的海面上，湧出一串串詭異的黑色氣泡。那氣泡不斷翻湧着，大有形成巨大漩渦流的跡象，但突然間，氣泡一個接一個地破碎、消失了，污濁的黑色退散，海水恢復本來的顏色，就像甚麼都沒發生過一樣……

一個聲音幽幽地說：「如果不把東西還給我，遲早你也只能在水中生活！」

遠古巨獸的斷齒迷蹤
MONSTER MASTER 9

新世界冒險奇談
第八站 STEP.08
重回影王村
MONSTER MASTER 9

不受歡迎的孩子

連續的日夜兼程，一行人終於抵達影王村。途中，賽琳娜的狀況慢慢惡化，整條手臂幾乎都被藍色銘文覆滿，對水也愈發渴求，神志時而清醒，時而混亂。

唯一讓人稍感安慰的是，賽琳娜並沒發生與哈奇一樣的異變。困惑之餘，大家心中也湧出一線希望，也許賽琳娜和哈奇的情況不同，並不會朝着最糟糕的方向發展……

一路上，奴扎克將放哈奇的背簍裏的海水慢慢替換成新鮮

的淡水，以保證哈奇適應陸地的環境。

一進入影王村，奴扎克和餃子、帝奇這些外來者就察覺到村裏的氣氛很不對勁，村民三三兩兩地聚在一起「竊竊私語」，讓人十分不舒服。只要耳力正常的人都能聽到村民的交談內容，分明是故意讓布布路難堪：

「嘖嘖，這個災星又回來了，他不是去考怪物大師預備生了嗎？」

「聽說還考上了呢，但肯定沒甚麼好表現，這次回來又要禍害誰啊？」

「當然是雷納德家嘍！你看，雷納德的女兒和那個災星一起去考怪物大師預備生，沾了晦氣，現在他們家都破產了！」

「嘖嘖，」餃子不甘示弱地挖苦道：「百聞不如一見，十影王故鄉的這些村民還真不怎麼樣，都是一些只知道背後嚼舌根的軟腳蝦。」他的音量同樣沒有控制，村民沒想到布布路帶來的人還會反脣相譏，一時間面色都僵住了。

倒是被稱為「災星」的布布路本人一臉不在意的樣子。

村民們顯然沒打算因餃子的一句話就退縮，他們繼續七嘴八舌地謾罵，還挑上了其他人：

「噢，你看那個古怪的老頭，背後背的是甚麼玩意兒？黏糊糊的，噁心死了！」

「還有那個狐狸面具和豆丁小子，看起來都怪怪的。」

豆丁小子？這話戳中了帝奇的軟肋，唰唰幾隻飛鏢精準地擦着村民們的身體險險飛過，村民們頓時嚇得哇哇大叫，幾個

膽子稍小一點的村民，當時就嚇得癱坐在地上。

布布路忙跳到他們面前，逐一將他們扶起，然後指着身後的同伴們解釋道：「他們是摩爾本十字基地優秀的預備生，不是甚麼奇怪的人哦！」

說着，他又笑嘻嘻地拖過黑着臉的帝奇，驕傲地介紹：「帝奇使暗器的手法可是超厲害的！」

帝奇冰刃般的目光掃過來，村民們敢怒不敢言地後退。倒是他們身邊的幾個小孩子一聽說「怪物大師預備生」，就好奇地衝上來，還盯着坐在布布路棺材上的四不像指指點點——

「哇，這就是從時空盡頭召喚來的怪物啊！」

「它很厲害嗎……」一個男孩的問題還沒問完，就被父母嚴厲地拉走了，那孩子委屈得哽咽起來。

托勒抱歉地對帝奇和餃子說：「別和這羣人一般見識。當務之急是找到焰角・羅倫留下的水之牙的線索，救治大小姐要緊。」

聽到托勒說話，哈奇從背簍裏探出頭，看向托勒。事實上，自從鹽水帶開始，哈奇一見到托勒，就表現出很喜歡的樣子，連奴扎克都異常費解，這太奇怪了，十五年來哈奇從來不理會陌生人的。

另一邊，心急如焚的雷納德早就向村民打聽起來：「你們有誰知道焰角・羅倫的故居在哪裏嗎？」

雷納德畢竟是村中首富，平日村民們有困難時他也經常慷慨解囊，所以對於他的提問，村民倒是有問必答。

「雖然影王村的確是焰角·羅倫的故鄉，但我想您也知道這裏可沒有甚麼故居。」

「年代這麼久遠了，就算有，現在也成一堆土了吧。」

「要不你們去找年紀更大的人問問看？」

於是雷納德帶隊從村頭問到村尾，挨家挨戶問了個遍，卻詫異地發現，由於年代久遠，村裏居然沒有一個人能說出焰角·羅倫故居的確切位置。就連村頭豎立的焰角·羅倫的雕像都被大家查看了好幾遍，卻仍然一無所獲。

眼看天色漸晚，眾人一籌莫展。

「難道就沒有其他辦法了嗎？」布布路開始着急地撓頭。

「既然活着的人無法提供線索，那我們就只能問死去的人了。」餃子托着下巴沉吟道。

餃子的話讓雷納德冒出一身雞皮疙瘩，他警惕地問：「你這話是甚麼意思？」

「我的意思是，」餃子的一雙狐狸眼中精光乍現，「或許可以在你們村的祖先的墓誌銘上找些線索。」

對哦，墓誌銘中通常會記錄一個人一生中遇到的重大事件，在影王村年代久遠的墓誌銘上，一定有和焰角·羅倫有關的蛛絲馬跡。

大家一致認可這項提議。

「到我家去吧！」布布路興奮地咧開嘴歡呼，「我和我家老頭子就住在墓地裏。我在沒有成為怪物大師預備生之前，所有有關焰角·羅倫的故事，都是從我爺爺那裏聽來的。」

布布路拉着三個同伴往影王村的墓地趕，而雷納德則帶着奴扎克和哈奇先回家安頓。

爺爺的棺材

影王村的墓地一如既往的昏暗陰森，但是這次與以往不太一樣，這裏安靜得出奇！除了草叢深處幾聲草蟲的低吟外，一丁點兒動靜也沒有。

這時，布布路看到遠處的墓碑邊躺着一個人，手裏的酒壺掉落在地上，而裏面的酒早已在空氣中揮發乾了……

那個人正是布布路久違了的爺爺，但是此時他躺在那裏卻感覺不到一絲生氣……

不對勁！四人疾步衝了過去，團團圍住爺爺。

「呃……」一個巨大的嗝聲傳來，驚得墓地後面林子裏面的鳥都飛到半空。

居然是睡在地上的爺爺發出的！

「呃……這酒真難喝……村子裏的酒真是愈來愈不靠譜……」

布布路雙眼泛淚，激動地看着爺爺：「臭老頭子！原來你沒事！真是嚇死我了！」

但此時的帝奇感到異常震驚，布布路的爺爺剛剛分明就沒有呼吸，他身為雷頓家族的後人，鑒別目標是否死亡的能力可是從小就訓練的，而且他從來沒有失手過。因為希望藉由製造

假死來躲避雷頓家族勢力追捕或者追殺的人非常多，準確無誤地鑑別目標是否真實死亡是一個賞金獵人最起碼的職業技能，他從沒想過自己會在這最最基礎的技藝上判斷失誤！

帝奇再次審視起爺爺，眼光完全不同了。他絕不是一個普通的老頭！

遺憾的是，爺爺醉得太厲害，他瞪着暈乎乎的老眼，瞅了老半天才認出眼前這個「臭小鬼」竟然是自己大半年未見的孫子。

「哎喲喲，一個臭小鬼怎麼變成四個了？」爺爺跌跌撞撞、搖搖擺擺地繞着四人轉起圈圈。

「老頭子，這是我在十字基地的同伴，餃子和帝奇，那個你認識的，是住在對面山頭的賽琳娜。我們這次回影王村是為了……」布布路認真地向爺爺介紹道。

「爺爺好！」餃子三人禮貌地打招呼。

但爺爺像沒聽見一般，他先是拍拍帝奇的肩膀，自言自語地說：「你

這個臭小鬼還在生長期，矮是矮了點，不過健康沒問題，最近死不掉！」

　　然後，他又彈彈餃子的面具說：「你這個臭小鬼有意思啊有意思，不過最近死不掉，不需要棺材！」

　　最後，他來到賽琳娜面前，眉頭緊皺起來，從頭到腳地打量了賽琳娜一番，歎了口氣說：「小姑娘的面相不對勁兒啊，你需要棺材，非常需要，趕緊在我這裏買一口棺材吧。你如果不在我的棺材裏躺個十天半月，你和你身邊所有的人都會死！」

　　甚麼？不買棺材就會死？大家的臉一下子全黑了。

小姑娘的面相不對勁兒啊……

「老頭子，喝醉酒也不能亂說話，怎麼能咒人？」布布路趕緊拉開爺爺。

布布路端了杯水給爺爺醒酒，又用解酒草熏了熏爺爺的鼻子，問道：「老頭子，你有沒有聽說過炎龍與水元素始祖怪海因里希的一戰，以及水之牙的事情？」

「海裏……的牙？」爺爺皺了皺紅紅的鼻子，「不知道！我一輩子都住在墓地，可沒下過甚麼海。」

「但你以前明明經常講焰角・羅倫的故事給我聽呀。還說自己多麼瞭解焰角・羅倫！」布布路氣呼呼地嘟囔。

「啥？那些故事都是從村口的村民那邊聽過來，再講給你聽的，我現在都不記得講的是些甚麼故事了……」爺爺滿口胡話，也不知道哪句是真哪句是假。

大家都頭疼不已，原來布布路的守墓人爺爺和餃子一樣說話不靠譜！

爺爺看到氣氛不對頭，自家小鬼一臉鄙視地瞪着自己，連忙岔開話題：「喲！這就是你的怪物嗎？」

爺爺繞到布布路背後，一看到坐在棺材上的四不像，眼珠子猛地瞪圓。他一把提起四不像，湊到鼻子前仔仔細細地瞅起來。

奇怪的是，四不像這隻脾氣暴躁又古怪的怪物居然老老實實地讓爺爺拎着晃來晃去。

半晌後，爺爺嫌棄地搖着頭，對布布路說：「你小子怎麼招來這麼一隻不吉利的東西，我勸你趕快想辦法讓它從哪兒來

回哪兒去，它實在是長得太難看了！」說着，爺爺把四不像拿在手裏揉來揉去，四不像發出不舒服的布魯布魯的叫聲。

餃子三人狐疑地對視一眼，四不像怎麼沒對爺爺又咬又踢？……是它吞下炎龍之魂的副作用還沒好嗎？

「四不像是我從時空盡頭召喚來的怪物，不許你欺負它！」布布路從爺爺手中搶過四不像，生氣地說：「它才不是不吉利的東西，十影王之一的安古林爺爺說它是個神物！」

沒想到四不像根本不領布布路的情，噗的一聲吐出個小火球，燙得布布路鬆開雙手哇哇大叫。四不像刺溜鑽進金盾棺材裏不出來了。

看到布布路的樣子，爺爺幸災樂禍地笑彎了腰。

餃子頭疼地想，看來要從守墓人爺爺這裏打聽消息是不可能了。

「也許還是那些石頭更有價值！」帝奇指了指身後的墓地。

大家在墓地中依次查看每一座墓碑，可是轉了好幾圈，依然沒有得到任何有價值的信息。

「小姑娘，還是買下我的棺材吧！」爺爺仍不屈不撓地拉着賽琳娜向她推銷棺材，最後大家只好從墓地落荒而逃。

深夜裏的異動

布布路他們來到墓地對面的山頭，在賽琳娜家跟雷納德和奴扎克會合。

此時，賽琳娜家空空蕩蕩的，原本富麗堂皇的裝潢現在都蒙上了一層灰，家裏稍微值錢一點的東西都貼上抵押的封條，顯得悲涼落魄。

聽說仍然沒有找到任何與「水之牙」相關的線索，雷納德和奴扎克全都露出了遺憾的表情。

布布路幾人也都無計可施地苦着臉。

「沒關係的，你們看，我不是好好的嗎？甚麼異變都沒發生，也許⋯⋯即使沒有水之牙，我們也能找到遏制異變的方法！」賽琳娜安慰大家的同時也在自我安慰。

雷納德自責地說：「都是我沒用，自從破產後，家裏的僕人全都跑了，只有管家托勒留了下來。要不是我去尋甚麼寶，也不會⋯⋯」

這時，賽琳娜的媽媽走進來，為了不讓她擔驚受怕，雷納德連忙住口。其他人也默契地共同隱瞞起賽琳娜身體異變的事情。

媽媽豁達地安慰雷納德：「反正我們家原本就是暴發戶，現在只不過是回到之前的日子而已，其實有沒有錢並不重要，只要我們一家人在一起就好了。」隨後她轉向管家托勒，「這一次要不是托勒，還不知要鬧出多大的亂子。我堅決反對你們再去冒險尋寶！」

「老爺，太太，請放心，不論發生甚麼事情，老夫都絕對不會離開菲爾卡家！」托勒的話讓雷納德夫妻感動不已，他們也早把托勒當成家人一樣看待了。

雷納德懊悔得連連點頭，如果他早聽老婆和管家的話該有多好。賽琳娜和父母及管家淚眼矇矓地抱作一團，奴扎克和布布路也感動得偷偷在一旁抹眼淚。

當晚，三個男生被安排住在賽琳娜隔壁的房間，雷納德拜託大家多留意賽琳娜。

夜色深沉，布布路卻翻來覆去睡不着，手中仍擺弄着那張皺巴巴的元素禁制符。

「布布路，你怎麼還沒睡？」餃子翻了個身。

「餃子你看，上面這個象徵焰角・羅倫的符號，」布布路目不轉睛地打量着元素禁制符，眉頭緊鎖，「我總覺得以前在哪裏見過這個符號，不是在書本上，而是在現實中親眼看到，有可能還摸過！但我就是想不起來，到底是在甚麼時候、甚麼地方見過它！」

「其實，我也有件事情琢磨不透，」餃子若有所思地看着布布路，「之前你爺爺在墓地裏向大姐頭推銷棺材，當時我覺得你爺爺是在說醉話，但回頭想想，他的話中分明有玄機，他是怎麼知道大姐頭不對勁的？又為甚麼堅持要她躺進棺材裏？聯繫之前貼滿禁制符的海底棺木，總覺得我們好像忽略了甚麼……」

「我家老頭子經常說話顛三倒四，大概他只是隨便說說的吧。」布布路泄氣地說。

「你爺爺絕不簡單！」帝奇突然在一邊插話，原來他也沒睡着，「剛到墓地那會兒，我真的認為他已經沒有生命跡象了，而

且剛剛四不像被他拎在手裏的時候，明明又氣又急卻根本動彈不得，布布路，你爺爺也許是深藏不露！」

「我家老頭子行為古怪，喝酒喝得昏死過去也不是沒有發生過……至於四不像，也許剛剛是被爺爺滿口的酒氣給熏暈了。」布布路翻翻眼皮，還是一臉不相信。

這時，隔壁房間突然傳來一陣聲響。

大姐頭有狀況！三個男生立刻警覺地翻身而起。

一衝進賽琳娜的房間，就見房間的窗戶大開，賽琳娜正失神地一步一步朝着屋後的水井走去。

「大姐頭！」三人邊跑邊大喊，想要引起賽琳娜的注意，她現在的位置十分危險，只要她再向前踏出半步，就會掉到井裏！

「它在召喚我，它又在召喚我了……」賽琳娜對同伴們的呼喊聲置若罔聞，她喃喃自語着，又向前邁出一腳，身子頓時向井中直直墜下——

跑在最前面的布布路只來得及拉住賽琳娜的一隻手，可那井水彷彿有千斤重的吸力，將布布路連同隨後撲上來的餃子和帝奇一同吸了進去……

怪物大師職業選定指南

這是成為怪物大師的必經之路!!!

路!向所有的困難發起挑戰吧!

尊敬的讀者:現在你跟隨布布路一起踏上了成為怪物大師的道

Q04 突然出現一個陌生人,他透露了一些關於你的同伴發生異變的線索,並暗示解決的方法或許可以在你的故鄉找到,你會怎麼做?

A. 立刻出發前往故鄉。

B. 心存懷疑,堅持原路返回發現棺木的地點尋找線索。

C. 繼續探問陌生人,嘗試找出破綻揭露他的欺騙,或者是找到令自己可以信服的證據。

D. 完全沒興趣聽他的廢話。

E. 和其他同伴一同討論此人的可信度。

■即時話題■

餃子:就我個人而言,還是很不解為甚麼區區一個管家能知道這麼一個足以顛覆世界的巨大祕密……難道你們影王村臥虎藏龍,全是高手?

布布路:全是高手……沒有吧,我們村子裏就管家爺爺身手最靈活!

賓琳娜:甚麼叫就管家爺爺,那焰角‧羅倫呢?你爸爸呢?你呢?我呢?沒錯,我們影王村就是臥虎藏龍!(抬頭挺胸,十分驕傲)

布布路:對不起,大姐頭,我錯了。

帝奇:好了,不管你們的管家爺爺是何方神聖,事實上在搜集情報方面是絕不能馬虎的,這往往會對任務的成敗起到關鍵性的作用。在我們家族經營的買賣中,就有一項是專門販賣情報,這不僅是對外賺錢的手段,也是我們家族能擁有賞金王頭銜的有力保證。

布布路:哇啊,帝奇你們家好厲害哦!(崇拜地雙眼冒出小星星)

完成這個測試後,你可以鑒定自己適合成為甚麼類型的怪物大師。記下你的選擇,測試結果就在第十部的204,205頁,不要錯過哦!

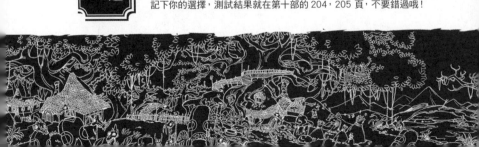

新世界冒險奇談
第九站 STEP.09

無法抑制的加速融合
MONSTER MASTER 9

神祕人 ── 赫維留斯

　　四面八方全都是不着邊際的水，布布路三人緊緊地拉着賽琳娜，在水中交換疑惑的眼神，這水井有這麼大、這麼深嗎？

　　冰冷的井水不斷翻湧、旋轉着，漸漸形成一個洶湧的漩渦，漩渦的中心赫然呈現出一個不見底的渦眼，渦眼顯示出可怕的吞噬力，將井水無止境地吸入，如同一條飢餓的巨蟒張開大嘴，將一切全都貪婪地吞入它的腹中。

　　「哇噢噢噢噢 ──」

　　布布路他們根本來不及逃脫，全都被吸入渦眼中，不斷旋轉。昏天黑地的暈眩之中，強烈的窒息感讓大家覺得胸腔像被萬噸巨石壓住，身體像麻花一樣扭曲，五臟六腑都要錯位了，很快，他們便一個個失去了知覺……

　　不知過了多久，終於又有空氣湧入鼻腔。布布路睜開眼，發現大家被捲到一個陌生的地方，而這個地方的構造則讓布布路驚訝得嘴巴都合不上 ——

　　這似乎是一個巨大的球體，外壁由流動的黑水包裹而成，內部有可以呼吸的空氣，現在他們每個人都雙腳懸空地浮在球體內部。

　　就在大家用驚疑不定的目光四下巡弋的時候，一隻手突然穿透流淌的黑水壁伸進來，緊接着是腳、身體、頭……一看清那男人的臉，布布路四人的神經瞬間緊繃，竟然是那個被他們從焰角・羅倫所封印的棺材中釋放出來的男人！

　　渾身佈滿藍色銘文的男人傲慢地看着布布路他們，陰陽怪氣地說：「小姑娘，該把屬於我的東西還給我了吧？」

　　賽琳娜清醒過來：「甚麼東西？我不知道你在說甚麼，我沒有拿過你的東西！」

　　「不要裝傻，你本來是會被禁制符內的黑火燒死的，要不是有那東西的保護，你怎麼可能會活到現在？你怎麼可能還維持着人形，沒變成噁心的軟體動物？」男人陰森森地靠近賽琳娜。

　　賽琳娜驚恐不已，布布路勇敢地擋在大姐頭前面：「你是

誰?到底想要甚麼?」

「我叫赫維留斯,」男人嘴角扯起一個陰冷的笑容,「那東西對我很重要,如果你不還給我的話,當我身上的藍色銘文完全消失後,我將會失去一切!而這位小姑娘,未來將永遠只能在水裏生活……至於那東西是甚麼,你們不是該猜到了嗎?」

賽琳娜驚愕地發現他一隻手上的藍色銘文真的消失了,而自己的一隻手上則長滿了,這些藍色銘文簡直像是有生命一般,從這個叫赫維留斯的人身上轉附到了自己身上。

「從黑火中保護大姐頭,阻止大姐頭像哈奇一樣異變……的東西……」餃子震驚地重覆着赫維留斯的話,他話中的意思很明顯——

「莫非……你說的東西是傳說中的水之牙?」

赫維留斯沒有否認,只是用冰冷的目光看着他們。

也就是說,水元素始祖怪海因里希和炎龍之戰的傳說也是真的?布布路四人驚訝極了。

「可是……我從來沒見過甚麼水之牙。」賽琳娜疑惑地說。

「你少跟我裝傻!」赫維留斯的臉像燒焦的紙一樣迅速皺起來,他指着賽琳娜憤恨地咆哮道:「水之牙分明就在你體內,在你潛到海底棺木附近時,它脫離我的身體,它……它居然放棄我,選擇了你,可惡!」赫維留斯陷入一種因為嫉妒而極度狂躁的狀態。

賽琳娜面露遲疑地說:「我隱約有一些模糊的記憶,在被黑火包圍的時候,好像有甚麼東西刺入我的胸口,之後我就覺

得全身一陣清涼……」

「廢話！擁有水之牙，就可以自如地利用水元素的力量，將之據為己用，更有甚者能……」赫維留斯把到嗓子眼的話又吞了回去，似乎覺得自己透露了不應該說的祕密。

「好厲害！這麼說，水之牙就在大姐頭身體裏面，難道說水之牙就是大家苦苦尋覓的號稱傳說中十影王才能擁有的力量？」布布路目光炯炯地驚呼道。

「哼，沒那麼容易！」赫維留斯氣急敗壞地吼道：「即使是被選中的人，也不會這麼快就變強，水之牙需要用相當長的時間和人體進行融合和同化，在這個過程中，這個人的身體會逐漸浮現藍色銘文，直到藍色銘文覆滿全身，才意味着完全擁有水之牙的力量。雖然我現在暫時失去水之牙，但只要藍色銘文沒有完全消失，我依然有駕馭水的能力，也依然能夠感知和影響水之牙，並且能輕易地幹掉你們，我絕對不會讓水之牙落入你們手中！」

「哼，所以你就利用殘留的可憐力量，召喚賽琳娜體內的水之牙，把我們弄到這個地方？」帝奇冷冷地向赫維留斯發問：「你究竟是甚麼人，為甚麼水之牙會保存在你的體內？你又為甚麼會被焰角·羅倫禁制在棺木中沉入鹽水帶？」

「咻，」赫維留斯冷冷一笑，毫不掩飾諷刺之意，「你們在焰角·羅倫的故鄉也沒得到甚麼有價值的資訊啊。哼，少廢話，不要逼我動手，趕緊把水之牙交出來！」

「水之牙為甚麼會選擇我？我要怎麼做才能將它還給你？」

賽琳娜困惑地問赫維留斯，「如果失去水之牙，我會怎麼樣呢？」

「呵呵，」赫維留斯陰森森地笑道：「只要我把水之牙從你體內取出來，再放入我的身體裏就可以了。至於失去水之牙的下場，那將是非常可怕的折磨，你馬上就體會到了！」

說着，赫維留斯揚起手臂，掌心中的黑水凝成一把鋒利的長矛，猛地刺向賽琳娜。

可怕的黑水攻擊

電光石火間，黑水長矛朝着賽琳娜刺來！

餃子召喚出藤條妖妖，藤鞭迅猛揮過，一下子抽斷了黑水長矛，但斷成兩截的黑水長矛毫不減速，迅速化成兩根短矛……

帝奇拉長蛛絲閃身而過，精準地將兩根黑水短矛切得支離破碎，但這些黑水碎片又化成無數更為細小的黑水尖針，繼續刺向賽琳娜……

鏘鏘鏘 ——

布布路手持棺材及時擋在賽琳娜身前，針雨打在堅固的金盾棺材上，發出一陣凌厲刺耳的金屬撞擊聲。如果不是親眼所見，幾乎無法想像水竟然有如此驚人的威力！

見黑水尖針被擋下，赫維留斯對他們發起了更猛烈的攻勢 ——

錘子、斧子、弓弩、長劍、短刃……各式黑水兵器從球體的外壁幻化而起，劈頭蓋臉地從四面八方襲向布布路一行人。

　　噹噹噹、哐哐哐、砰砰砰……

　　巨大的黑水球也隨着密集的攻擊愈縮愈緊，處在黑水球中心的布布路一行人活動空間愈來愈小，大家只能勉強將賽琳娜圍在中央，在有限的空間裏吃力地抵禦着愈發密集的攻擊。

　　這就像玩躲避球一樣，空間愈大愈容易躲閃，反之則會漸漸失去躲閃的機會，最終淪為活生生的靶子！他們已經完全陷

入被動的局面!

　　布布路一邊吃力地頂着棺材,一邊咬着牙大叫:「大家快想辦法,至少要脫離這個黑水球!」

　　但眼下每個人的動作都被限制住了,現下他們若是貿然動手,很可能會連累到身邊的同伴,情況十分嚴峻。

　　「四不像!火球喝!」布布路敲了敲棺材,四不像跳出來,但它張大嘴咿咿呀呀了半天,只是冒出一股青煙⋯⋯完蛋了,這怪物根本不能自我控制噴火球的時機。

　　餃子瞥了一眼水球外的赫維留斯,突然像是想到了甚麼,喃喃道:「赫維留斯體內已經沒有水之牙了,為甚麼他現在還能夠運用水元素的力量?他身體上的藍色銘文並沒有完全消失,難道僅僅靠着水之牙殘存的力量就能將水元素操縱到如此地步?那⋯⋯那完整的水之牙的威力到底有多強大?」

「水之牙?」一向反應慢半拍的布布路靈光一閃,「對了!大姐頭,威力無比的水之牙現在在你的身體裏呀!」

「沒錯,如果赫維留斯的力量是通過水之牙獲得的,那麼你現在應該也具備了控制高等水元素的力量!」帝奇冷靜地對賽琳娜說:「試試使用水之牙的力量,這是我們唯一的機會了!」

「我,我……」賽琳娜怕極了。

「大姐頭,你一定可以做到!」布布路握拳鼓勵道。

「加油,我們會幫你擋住黑水的襲擊!」餃子徒手接住一把黑水開山刀,在他接觸到刀刃的一剎那,開山刀化成了滿是尖刺的狼牙棒,餃子連忙甩出長辮,勾住狼牙棒的棒槌,將它甩飛到湧動的黑水球壁上。

賽琳娜全身緊繃,不安地看着三個同伴。

「集中精神,冷靜地去感受這股力量!」帝奇的聲音落下,接踵而至的攻擊再也沒有給三人任何喘息的機會。

不能遲疑,必須成功……看着奮力為自己爭取時間的同伴們,賽琳娜深吸一口氣,閉上眼睛,試圖讓自己平靜下來……

賽琳娜的反擊

漸漸地,時間感和空間感彷彿都消失了,賽琳娜只感受到一片無盡的虛無,而那個渾厚的聲音又在她的腦中如魔咒般響起──

「接受吧,人類,就是你,這是作為人類最大的榮耀……」

　　隨着那聲音的增大，賽琳娜感覺自己的心跳愈來愈微弱，就在心跳即將停止的一剎那，一股純粹古老的力量從悠遠無盡的深淵升騰而起，在她的體內急劇膨脹，迅速貫穿全身！

　　賽琳娜驀地產生一股神奇的知覺，哪怕閉着眼睛，她依然能準確地捕捉周圍世界裏所有水元素運動的軌跡：流淌的黑色水球、空氣中的水分子，甚至是人體內溫熱的血液……儘管無法解釋，但是她知道，她可以自由地操縱這些水元素運動的軌跡、速度以及形態，甚至令它們消失或者出現……

　　透徹的知覺和貫穿全身的強大力量讓賽琳娜不禁有些恍惚，這感覺就如同溺水一般，擁有自我意識，又無法自由地操控……突然，她雙目圓睜，泛白的眼眶中看不到瞳孔，渾身青筋暴突，大團的黑水迅速被吸附到她周圍……

　　與此同時，布布路他們一個個痛苦地撲倒在地，劇烈抽搐起來。

　　怎麼回事？為甚麼他們體內的水分在流失，而且還是被一種能用肉眼看到的速度迅速地蒸發、抽離，朝着賽琳娜身邊凝聚而去？

　　「哦……好難受！」布布路抽搐着縮成一團，他的嘴唇裂開好幾道血口子，舌頭乾燥到發麻，眼睛乾澀得幾乎無法睜開，血管裏原本活力奔流的血液變得黏稠，皮膚的每個毛孔都膨脹到了極致……

　　局勢朝着誰也無法預料的方向發展着……

　　黑水球內的武器統統化為最原始的水流形態，失控地在

球體內翻飛湧動，赫維留斯幾次三番試圖重新駕馭黑水，可每一次黑水就像一盤散沙一樣在半途無力落下。

赫維留斯難以置信地低下頭，只見自己身上的藍色銘文正在急劇消退，他再抬頭看向不遠處的賽琳娜，對方身上的藍色銘文卻在迅速增加，並發出刺眼的藍光！

不消片刻，賽琳娜已具備與赫維留斯相等的藍色銘文，顯然她與水之牙的融合程度加深了。

「渾蛋，休想和我爭奪水之牙！」氣急敗壞的赫維留斯惡狠狠地衝向賽琳娜，尖利的黑色長指甲直刺她的胸口。

正感應水之牙的賽琳娜，身體無法動彈，而深受脫水症折磨的布布路三人和怪物全都痛苦地蜷縮在地，無力阻止赫維留斯的暴行。

轟——

眼看着賽琳娜就要被刺中，危急關頭，一道耀眼的火光自上而下，轟穿黑色水球的頂部，在赫維留斯前方炸裂，燃起的熊熊火焰幾乎燒焦赫維留斯的手！

是四不像！它的火球終於嗝出來了。

「這力量是……？可惡！」赫維留斯驚愕地看着劈啪作響的烈火，惡狠狠地留下一句，「我不會善罷甘休的！」隨後，他連同黑色的水球一起消失無蹤。

賽琳娜身上的藍色銘文驟然失去光亮，整個人虛脫地昏厥過去，而被她吸附而去的水元素也重新回歸到布布路他們體內。與此同時，冰冷的水流瞬息而至，三個男生相視一眼，剛

剛困住他們的黑水球果然是赫維留斯用水元素隔離出的空間。

三人精疲力竭地攙着賽琳娜浮出水面，赫然發現他們順着井水另一端的出口漂到了影王村山坡上的小溪裏……

新世界冒險奇談
第十站 STEP.10

卑劣的陷阱
MONSTER MASTER 9

災禍之鐘敲響

　　布布路拉着賽琳娜手腳並用、氣喘吁吁地爬出小溪。此時已是半夜,眾人頭頂上只有淡淡的月光和隨風搖晃的樹影,遠處布布路家的墓地隱約可見,沒想到他們居然漂了這麼遠的距離。

　　「噢噢噢,這些水簡直像是傳送光柱一樣!」布布路大呼不可思議。

　　「恐怕赫維留斯能自由穿梭於所有有水的地方。」帝奇甩

着一頭的水，推斷道。

「我們還是趕緊帶大姐頭離開水源吧！雷納德叔叔他們應該沒發現我們墜井的事，如果我們現在回去，說不定會給他們帶來騷動和不安，不如我們先去墓地稍作休息。」餃子整了整狐狸面具的位置，又嘀咕道：「另外，我也想知道布布路的爺爺為甚麼堅持讓大姐頭買棺材！」

三人帶着昏迷的賽琳娜，再次來到影王村的墓地。

墓地中央，濃濃的夜色中浮現出一個黑沉沉的影子，那影子正在一口陳舊的棺木前鬼鬼祟祟地做着甚麼，好像特別專心，一絲風吹過，隨着風傳過來一串詭異的低語：「擦棺材……擦乾淨好睡覺……嘿嘿嘿……」

「天哪，幽靈啊！」餃子扭頭就要逃。

「呃……那是我家的糟老頭。」布布路尷尬地拽住餃子。

餃子壯膽定睛一看，噢，果然是布布路的爺爺，他手上仍提着個酒瓶子。

「布魯，布魯！」一看到守墓人爺爺，四不像立刻不高興地怪叫兩聲，躥回布布路背後的棺材裏悶頭睡覺去了。

「喲，你們終於回來啦，來來，棺材都擦乾淨了。」沒等餃子發問，爺爺就熱情地撲上來，扯過昏迷的賽琳娜就往棺材裏塞。

餃子用眼神示意布布路不必阻撓，看看爺爺到底要幹甚麼。

爺爺將賽琳娜平躺着放入那口他剛擦拭乾淨的棺材裏，

那棺材也不知道是用甚麼材料製成的，墨黑的紋路中隱隱似有一絲絲的紅光在流轉。

沒一會兒的工夫，賽琳娜緊閉的眼睛睜開了，她的身體看起來完全無恙，精神也很充沛。

賽琳娜掙扎着要從棺材中出來，卻被爺爺一把按回去：「休息時間還不夠，小姑娘，有甚麼話你還是躺在棺材裏說吧！」

餃子狐疑地看着爺爺，暗暗覺得這口棺材必然有甚麼玄妙之處，試探地問道：「爺爺，您這棺材真不錯……」

「那當然，棺材不舒服的話，晚上怎麼睡得安穩？」爺爺醉醺醺地嚷嚷道。

布布路不好意思地撓撓頭：「忘記告訴你們了，我們家，沒有牀，平時爺爺和我也是各睡一口棺材當牀的。」

想到在一片黑漆漆的墓地裏，一老一小睡在棺材裏……餃子和帝奇不禁大冒冷汗，真是奇怪的祖孫倆。

「布布路，餃子，帝奇，剛才差點兒害得你們……對不起，」賽琳娜抱歉地對大家說：「剛才我試圖感應體內的水之牙，結果又聽到那個厚重的聲音，它指引我用身體感知它、接納它，與它融合……當我開始能夠感受到水的力量時，四周的水元素，包括你們身體裏的，都迅速脫離你們的身體，被我體內的水之牙吸引過來，我無法讓自己停下來，水之牙的力量太強了，我根本無法控制……」

「如此看來，那個指引你的聲音是水之牙發出的，」餃子沉

吟道：「難道那顆牙齒具備自我意識？」

「既然是始祖怪，它的強大一定不是我們能夠想像的，即使是它的一顆牙齒也必然非同一般……」帝奇臉色沉重地說：「大姐頭要想操縱水之牙絕非易事，眼下絕不能再讓水之牙和大姐頭之間的融合加深。」

「嗯！一定要想辦法安全地讓水之牙從大姐頭身體裏剝離出來！」布布路點點頭，隨即又猶豫地問：「可是，如果失去水之牙的話，大姐頭會不會異變成和哈奇一樣的軟體生物？」

這也是大家心中共同的擔憂，氣氛一時間沉悶極了。

噹，噹，噹……

突然，村中傳來了連續的敲鐘聲，寂靜的夜色中，急促的鐘聲彷彿直接敲打在每個人的耳膜上，所有人不由得心頭一驚。

「不好！這是警鐘！」布布路和賽琳娜同聲緊張地大喊：「只有村裏發生禍事時，才會敲警鐘！」

「村子裏到底發生了甚麼事？」賽琳娜立即要從棺材裏爬出來。

「大姐頭，你還是再休息一會兒吧，我和帝奇去村裏探明情況。」餃子伸手阻止，又對布布路說：「布布路，你留下來照顧大姐頭。水火相剋，如果那個赫維留斯再出現的話，你無論如何要逼四不像再吐火球趕走他！」

「好！包在我身上！」布布路把胸脯拍得啪啪響，不過隨即大家就聽見他背後的棺材裏傳出酣暢淋漓的鼾聲。

　　哦，真是隻不靠譜的怪物……餃子和帝奇無奈地對視一眼。

　　臨走前，帝奇將賽琳娜的怪物卡交給布布路，以備不時之需。布布路手拿怪物卡，目送兩人的身影匆匆遠去……

被操縱的傀儡

　　「救命，救命啊！」餃子和帝奇離開沒多久，幾個小孩跌跌撞撞地衝進墓地，驚慌失措地跪倒在賽琳娜的棺材前，淚涕齊飛地哭喊道：「大姐頭，快救救我們！」

　　「怎麼了？」賽琳娜吃力地從棺材內坐起來，馬上認出那都是村子裏以前跟自己一起玩耍的小孩。

　　「有壞人，嗚嗚……有壞人綁走我們的爸爸媽媽……救命，大姐頭，求求你救救我們的爸爸媽媽！」那些小孩顯然被嚇壞了，語無倫次地說不清，只是重覆地哀求着。

　　「你們不要害怕，我這就去救你們的爸爸媽媽！」作為孩子王的賽琳娜經不起「手下們」的哀求，翻身便跳出棺材。

　　可是她剛一離開棺材，立刻覺得天旋地轉，之前那種對水的極度渴望又一次湧上心頭。賽琳娜好不容易才讓自己從強烈的焦渴狀態中平定下來，定了定神，看向一旁的守墓人爺爺，說道：「我一定要去救他們的爸爸媽媽！」

　　「我跟大姐頭一起去！」布布路也站到賽琳娜旁邊，儘管眼前這幾個小孩在過去還結伴辱罵過他。

「呃……」爺爺醉眼朦朧地呆呆看着二人，打了個響亮的酒嗝，出乎意料地擺手道：「去吧去吧……反正你也躺得差不多了。」說完，吧唧吧唧嘴，一個跟蹌栽倒在邊上最大的棺材裏，沒了動靜。

布布路和賽琳娜在幾個小孩的帶領下，來到離墓地不遠的一間廢棄小茅屋前。

「你們的爸爸媽媽被壞人抓進去了？」布布路指指小茅屋。

孩子們點點頭，賽琳娜和布布路讓驚恐不安的孩子們留在外面，然後輕手輕腳地推開小茅屋的門。

搖搖欲墜的木門吱呀一聲開了，屋子裏漆黑一片。

布布路和賽琳娜二人背靠着背謹慎地進入茅屋。月光照了進來，屋子裏沒有一絲打鬥的跡象，也沒有被綁架的人，只見屋子中央，立着一個醒目的大水缸。

「糟糕！」看見水缸，二人心中同時有了一種不祥的預感，他們中計了！

「我們快出去！」布布路話音剛落，腳踝處就傳來一陣刺痛。

數股如黑蛇般游動的黑水從水缸中探出，緊緊地纏住二人的腳踝。水缸裏的水開始劇烈地湧動，濺起的黑水打在布布路二人身上，痛如刀割。一個黑色的漩渦從水缸中升起，赫維留斯表情冰冷地從漩渦中央緩緩探出身來……

「又是你這個討厭的傢伙！這次我絕不讓你傷害大姐頭！」布布路生氣地大吼。

「這次我可不跟你們打，我們做筆交易吧！」赫維留斯咧開

嘴巴，陰森森地笑道。

嗞、嗞、嗞。

只見之前向他們求救的孩子們目光呆滯、步伐詭異地一個接一個走進茅屋，他們手中全都抄着菜刀、鐮刀、釘耙之類的「武器」，臉上流露出不屬於小孩子的邪惡神情，將尖銳的矛頭惡狠狠地對準二人！

「你們這是怎麼了？……」賽琳娜發出難以置信的抽氣聲，她那些天真可愛的「手下」居然變得冷酷無情。

「壞蛋，你對他們幹了些甚麼？」布布路憤怒地質問赫維留斯。

「哈哈哈，我只是讓黑水混入他們體內，獲取他們身體的控制權而已。聽着，這將是我最後一次警告你！」赫維留斯陰險地看向賽琳娜，「趕緊把水之牙交出來，要不然的話……」

說着，他的手腕輕輕轉動，那些小孩也隨之齊齊轉動手腕，數道寒光在昏暗的茅草屋內一閃而過，原本對着布布路他們的刀統統反向對準了孩子們自己！

「卑鄙！」布布路和賽琳娜憤恨不已。

犧牲自己交出水之牙，還是眼睜睜看着這些孩子受傷害？

赫維留斯將這個卑劣無比的選擇題丟給賽琳娜，逼她做出選擇……

怪物大師職業選定指南

MONSTER MASTER *I LOVE & DREAM*

這是成為怪物大師的必經之路！！！

尊敬的讀者：現在你跟隨布布路一起踏上了成為怪物大師的道路！向所有的困難發起挑戰吧！

Q05 你的故鄉同時發生了兩項緊急情況，一是村子裏發生了水患，二是有幾個小孩子失蹤了，你會怎麼處理？

A. 聽到小孩子失蹤，立刻就跑出去找人。

B. 認為水患會危及全村，影響範圍會更大，所以先行解決水患，找小孩的事讓他們的爸媽自己去。

C. 與同伴商量，以個人的能力為考量，分開行動。

D. 先找橡皮艇或游泳圈等保命的物品。

E. 糟糕！完全沒有這方面的經驗，實在不知道該怎麼辦……

■即時話題■

餃子：在我的家鄉，當夏季來臨的時候，天就會密集降雨，河水水位日益上升，士兵們日夜在堤壩上巡邏，擔心某一刻洶湧澎湃的河流會衝垮春季時才加固過的石土壩。孩子們倒是一點沒有顧慮，拿着臉盆、大壺、鐵桶等物品，成羣結隊地流連在大街上，接滿水後再奔回家中，倒入蓄水缸……

布布路：餃子，你是不是想家了？（掬一把同情的淚水）

餃子：怎麼會？我可是像風一樣漂泊無根的美少年，注定四海為家……

賽琳娜：布布路過來，我們還有事情要做，別浪費時間聽一些沒用的廢話。

餃子：哦，痛，好痛……我受傷了！（捂胸口）

帝奇（白眼）：你少演一次會死？

餃子（認真）：不會死，但是會無聊。

完成這個測試後，你可以鑒定自己適合成為甚麼類型的怪物大師。

記下你的選擇，測試結果就在第十部的204，205頁，不要錯過哦！

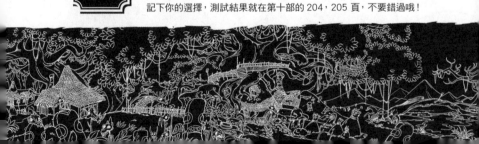

遠古巨獸的斷齒迷蹤

MONSTER MASTER 9

新世界冒險奇談

第十一站 STEP.11

致命對決
MONSTER MASTER 9

祕技！水影幻象

　　布布路和賽琳娜憤怒了，赫維留斯為奪回水之牙，居然滅絕人性地將這些無辜的小孩牽扯進來！

　　「四不像，快出來，讓這個卑鄙的傢伙嘗嘗你的火球！」布布路大力地敲着身後的棺材。

　　「小子，讓你的噴火怪儘管出來！」赫維留斯狂妄地叫囂，「看看是它的火球先擊中我，還是我先幹掉這些小孩子！」

　　他先下手為強地操縱起水缸內的水，翻騰的黑色水浪全面

包裹住幾個小孩。孩子們瞬間跪倒在地，臉上露出痛苦萬分的表情，渾身的皮肉急劇凹陷，分明是陷入了脫水症中。

「你太無恥了！」賽琳娜氣得渾身戰慄，這個傢伙居然真的用無辜的小孩子當人質！

絕不能拿生命冒險！布布路連忙捂住四不像的嘴巴。

「布魯，嗷嗚……」四不像渾身的鐵鏽雜毛幾乎憋成紫黑色，腮幫子鼓得如同兩座小火山，四肢亂蹬着……終於把一串已經滾到喉嚨口的火球生生地嚥了回去。

「對不起，四不像……」布布路抱歉地看着差點兒翻白眼的四不像。

「怎麼樣？我的交易，你選好答案沒有？」赫維留斯催促着賽琳娜。

賽琳娜的腦子飛速運轉着，她知道，自己不能再利用水之牙的力量去對付赫維留斯，因為她很可能會被水之牙影響，恐怕到時局面會更糟……但她絕對不會坐以待斃！

雙方正僵持中，布布路偷偷地將一樣東西塞給了賽琳娜……

賽琳娜猛地抬起頭，斬釘截鐵地向赫維留斯宣告道：「我願意用自己的身體作為交換，任你取走水之牙，但你必須先放了這些孩子！」

「呵呵，等我拿到水之牙，自然會放了他們。」赫維留斯滿意地說，屋內的孩子也隨之全都放下了對準自己的武器，如同斷線的木偶一樣呆呆地立在原地。

　　赫維留斯獰笑着跳出水缸，暗暗將勁道全聚集在他那鋒利的黑色指尖上，一股勁風直逼賽琳娜，速度之快，讓站在一旁的布布路根本來不及反應。

　　下一秒，赫維留斯將手臂抽出賽琳娜的身體，她的胸口上出現了一個洞。

　　「大姐頭！」布布路驚恐地大叫，一個箭步衝上去，想要扶住遭受致命重創的賽琳娜。

　　啪 —— 賽琳娜的身體如一個巨大的水泡般炸裂開，水花濺了布布路一臉。

　　布布路的眼淚噴湧而出，簡直不敢相信，前一秒還在和赫維留斯頑強抗爭的大姐頭，這一秒已經消失不見了。

　　赫維留斯臉上得意的表情也被疑惑取代，突然，他的身體猛地向前一傾，就像是有人在背後推了他一把。赫維留斯迅速回身，就見賽琳娜居然活生生地站在他身後。

　　緊接着，她的身邊驀地出現好幾個重影，每一個都和她一模一樣！

　　「這是怎麼回事？可惡……」突如其來的變故令赫維留斯大吃一驚。

　　這些重影又複製出更多的賽琳娜，數秒內，整個房間裏都是賽琳娜的身影，赫維留斯被無數個賽琳娜包圍住了！

　　「哇哈，大姐頭太棒了！」布布路的情緒也瞬間轉化，他一邊抹着眼淚一邊讚歎不已。

　　難以計數的賽琳娜也在同一時間露出了驚訝的表情，她萬

萬沒有想到這一招居然奏效了！

原來，剛才布布路偷偷將水精靈的怪物卡塞給了賽琳娜。在極樂園的冒險中，賽琳娜跟十影王安古林學會閉氣之術──令水精靈形成水汽薄膜包裹住自己，成功消除自身的氣息，以製造出迷惑敵人的水元素分身。（見《怪物大師5‧世界之巔的死亡珍獸宴》）

賽琳娜為這個祕技取名為「水影幻象」，這是她和水精靈第一次在實戰中使用它！但更出乎她意料的是，在擁有水之牙的力量後，自己操控水元素的能力暴增了數倍，在受到赫維留斯攻擊的生死一瞬，她不僅將自身的氣息消除得一點不剩，同時製造出無數水分身，成功地隱藏了自己的本體。

擴張的藍色銘文

啪啪啪──赫維留斯憤怒地用黑水發起攻擊，結果都只是徒勞無功地捅破幾個水泡，從幾百個賽琳娜中找尋一個，單從概率上來說，賽琳娜便完勝了！

更何況無數個賽琳娜左移右動，不斷變化位置，赫維留斯被晃得頭暈眼花，賽琳娜便借此機會迫近到他身邊發動偷襲。一時間，赫維留斯節節敗退。

布布路忍不住振臂高呼：「大姐頭，加油！你能贏的！」

「布魯！」四不像坐在布布路背後的棺材上，還在為剛才「吞火球」的事情生氣地拍打着布布路的腦袋。

赫維留斯驚駭地發現自己身上的藍色銘文正在加速暗淡，說明他的能力在衰減。

「我絕不會失敗！」赫維留斯赤紅着雙眼，將矛頭對準那些面目呆滯的小孩子，操縱他們充當起掩護自己的盾牌。

被當成擋箭牌的孩子們就如同破布麻袋一樣，被赫維留斯凌空丟來拋去，布布路只好帶着四不像手忙腳亂地接應。

而賽琳娜不得不顧忌那些隨時在眼前飛過的小孩，生怕一個不留神傷到他們，她的進攻頓時失去原本的節奏。

赫維留斯的卑劣行徑讓局勢發生了逆轉，他惡狠狠地操縱一個小孩高高飛起，又重重地向着地面猛砸下來！

「不要！」賽琳娜心急之下，所使用的閉氣之術出現了問題，一片啪啪的破水聲四起，她的水分身紛紛破碎。

賽琳娜不得不這麼做，因為她要讓水精靈及時用水泡接住那孩子，令他安全落地。

伺機而動的赫維留斯此時一撲而上，死死地拉住了賽琳娜的手臂：「哼哼，看你還往哪兒逃！」說着，他高舉起一隻手，鋒利的黑色指甲對準賽琳娜的心口直刺而下──

糟糕！布布路的心跳都要停止了！

小小的茅屋內出現一陣短暫的死寂，但同樣短暫的還有赫維留斯臉上得意的獰笑！

「不！」發出慘叫的居然是赫維留斯！形勢再度逆轉──

只見兩人交握的手臂上，藍色銘文像蠕動的蟻羣一樣，從赫維留斯身上疾速湧向賽琳娜……

賽琳娜露出異樣而滿足的神情，忽地一下，她死死扼住赫維留斯的咽喉，不費吹灰之力便將他整個人提了起來，喉嚨中發出一個無比渾厚的聲音──

「都來吧，都來吧，讓最後的力量全都回來，哈哈哈……」

隨着藍色銘文的轉移，赫維留斯身上的力量似乎都被賽琳娜吸走了，他雙眼翻白，臉上變得毫無生氣，四肢無力地下垂着，瀕臨油盡燈枯的狀態……

「大姐頭！不要，他會死的！」布布路大喊着撲過來，將失去知覺的赫維留斯一把推開。

「竟敢阻撓我的最後融合……」賽琳娜面目猙獰地發出憤

怒的咆哮，她揚起雙手，黑色的水流在她的指尖形成尖利的長劍，刺向布布路！

幾乎是同時，轟的一聲，一股熾熱的火焰直衝賽琳娜而來，四不像噴出了一隻火球。

賽琳娜的動作一僵，長劍化成黑水流了滿地，她整個人直挺挺地向後倒下去。

布布路趕緊衝上去接住賽琳娜，見她並沒有受傷，布布路鬆了一口氣，看來水之牙的力量保護了她。

過了一小會兒，賽琳娜的目光終於恢復了清明，眼中流露出濃濃的感激和愧意。

「哇……」原本被赫維留斯操縱的小孩一個個嘔出一攤攤黑水後，全都伏在地上昏迷過去。

「布布路！大姐頭！你們沒事吧？」

茅屋外傳來一陣急促的腳步聲，餃子、帝奇，以及雷納德、管家托勒、守墓人爺爺、老海民奴扎克和他背着的哈奇一起出現在門口。

「你們怎麼都來了？」賽琳娜站起身，奇怪地問。

「我們中計了！」帝奇簡短地回答。

餃子看了看角落裏的赫維留斯和那幾個暈倒的小孩，解釋道：「現在事情再明朗不過了，影王村的警鐘是赫維留斯的調虎離山之計！他利用水元素的力量，引起村中溪水倒灌，衝垮房屋，造成混亂，藉以削弱和分散眾人的注意力及戰鬥力，再控制小孩伺機奪取水之牙。」

「村裏人沒事吧?」布布路擔心地問。

「已經沒事了,雷納德叔叔平復了村民們的心情。隨後我們才找到你爺爺,是他帶我們來找你們的。」餃子安慰地拍了拍布布路的肩膀。

說話間,帝奇從茅屋中揪出奄奄一息的赫維留斯。

事情從鹽水帶發展到影王村,絕對沒有這麼簡單,赫維留斯的落敗恐怕並不是危機的結束,而僅僅是一個開始……

記憶的碎片

「現在,輪到你來告訴我們一切了,你為何會擁有水之牙,又為甚麼會被焰角·羅倫封印在海底棺木中?」眾人將赫維留斯團團圍住。

赫維留斯看着自己原本矯健敏捷的身體瞬間形同廢柴枯骨,自知大勢已去,他整理了一下思緒,低聲說道:「這一切的源頭,要追溯到很久很久之前……」

我的記憶隨着時間長河的流逝,很多細節都已遺忘,我甚至不記得自己來自哪裏……

我不記得那是多少年前了,那是遠比你們想像中更加久遠的年代,我與我部落的族人為了找尋一片適合生存的綠洲,走遍了整個大陸……直到某天我們遇見了水之牙!

在那裏我們見識到讓人極其震撼的恐怖力量,那是一種

我永遠都無法忘記的絕對恐懼！即使再過數萬年，那些場景也將歷歷在目，因為那種恐懼已經深入我的骨髓，刻在我的心頭！我發誓，你們永遠也不會想知道我們當時都經歷了些甚麼……總之，面對那種力量，任何人都只能選擇屈服，當然也包括我！

我是唯一的人類倖存者，而我的族人在無盡的痛苦掙扎中，最終變成了你們所看到的那些低等水蜒，而我獲得了水之牙，也成為海因里希在藍星上唯一的人類奴僕。

海因里希交代完我在藍星的任務之後，就陷入了沉睡。

最初的一萬年中，我絲毫不敢怠慢地為主人實施它的偉大計劃。後來我發現如果在實施計劃的同時，利用水之牙的力量，做一些計劃之外但是又不影響計劃的事，會讓整個計劃的實施變得更加有趣，我也會更加樂在其中。

哈哈，那真是一段讓人愉快的回憶。

之後的歲月中我開始盡情地釋放心中的仇恨和恐懼，中間有幾百年我甚至還親手建立過自己的國家。仇恨與恐懼理所當然地成了我統治的唯一工具，他們居然稱我為「恐懼的黑帝」。真是可笑的稱呼，我得知這個稱呼之後，只花了五分鐘就終結了這個由我精心打造了數百年的恐懼國度。我想恐懼國度的子民們即使死後下到傳說中的地獄，地獄裏的景象應該也絲毫不會讓他們感到驚慌失措，可能還會有一種賓至如歸的感覺……

隨後的數千年我一直在藍星各處散播着恐怖的種子，它

們每到一處都能開出燦爛的恐懼之花，讓人無比神往。

直到有一天，那個男人出現了……

和他在一起的還有一條紅色的巨龍，兩者異常強大，就算有水之牙的力量庇護，我也顯得不堪一擊。我原本以為一切就此終結，奇怪的是我並沒有感到一絲恐懼，甚至還產生了一種解脫的快慰。但他居然沒有消滅我，而是將我封印起來！讓我在暗無天日中又度過了好幾千年！

那無盡的黑暗，吞噬着我的每一根骨頭，那漫無邊際的虛無，放大了我的恐懼與仇恨！面對無盡的虛無，我發誓一定要找那個叫焰角·羅倫的男人復仇！

「後來，你們來到鹽水帶，意外解除了那男人的封印，我終於重獲自由，但不知為何水之牙卻在那刻脫離了我的身體。」赫維留斯蒼涼的聲音中充滿了不甘，「我需要那強大的力量，為了追回水之牙，我跟蹤你們，還偷聽到你們的談話內容。我以為你們能找到紅龍以及那個男人，便跟隨你們來到影王村。可現在功虧一簣，失去作為力量之源的水之牙，就算紅龍和那個男人出現在我眼前，我也無力打敗他……不過，這樣也好，數萬年的奴役詛咒即將結束，死亡對我來說也許是最好的解脫……」

聽完赫維留斯的話，眾人陷入沉思……

守墓人爺爺突然意味深長地說：「也許那個叫焰角·羅倫的男人有甚麼不得已的理由……」

遠古巨獸的斷齒迷蹤
MONSTER MASTER 9

新世界冒險奇談

第十二站 STEP.12

影王村的大災變
MONSTER MASTER 9

惡魔之手

爺爺的話讓眾人陷入深深的疑惑之中。

「告訴我，」奴扎克背着哈奇衝到赫維留斯面前，激動地詢問道：「鹽水帶的水到底有甚麼魔力？為何我弟弟會變成這樣？」

「我關在棺木中太久太久了，根本不知道後來鹽水帶又發生了甚麼……」赫維留斯表示無法解答。

奴扎克滿是褶皺的臉上瞬間浮現出深深的絕望……

「渾蛋！」雷納德怒不可遏地一把揪住赫維留斯，暴躁地咆哮道：「我對你的過去一點興趣都沒有，我只在乎自己的女兒，你趕緊讓我的女兒恢復正常！」

　　「我可沒辦法……」赫維留斯看都不看雷納德一眼，低聲咒罵道：「可惡，沒力量了……」

　　「噢，他身上的銘文……」布布路最先發現端倪，指着赫維留斯的手臂驚呼起來。

　　大家這才注意到，赫維留斯身上的藍色銘文全部消失了！同時，一直一聲不吭的賽琳娜驟然懸浮起來，全身泛出藍色的

光芒，藍色銘文徹底覆蓋她的身軀！等賽琳娜再睜開眼睛的時候，像換了一個人似的，高昂着頭，用無比傲慢和厭惡的眼神俯視着眾人，如同在看一羣卑微的螻蟻。

「大姐頭！哦……」布布路剛想上前，周圍突然開始地動山搖。

「不好，巨大的災難就要降臨了！」爺爺看了看四周，警惕地說。

一時間，天地間所有的水元素彷彿全都失控了。最初，樹葉上的水珠搖晃着，彷彿擺脫了地心引力一般，向空中飛去；緊接着，溪水開始逆流，並像受到強力召喚一般，洶湧地向天空湧去；最後，連布布路他們體內的血液也似乎燃燒沸騰了起來，這股無形的力量毫不留情地啃噬着他們的五臟六腑，大家全都露出了痛苦難耐的表情。

「終於等到這一刻了，融合完成了，哈哈哈！」

賽琳娜發出明顯不屬於她的陰鬱厚重的聲音，只見她手腕起落，便憑空掀起層層怒浪，直沖天際。

看來大姐頭徹底被水之牙操控了，還爆發出如此恐怖的力量！布布路他們憂心忡忡地對視一眼，不知要如何才能再次喚醒她。

沒等他們採取行動，更可怕的事情發生了——

小茅屋前的枯井突然溢出了水，水裏伸出幾根像大樹般粗壯的藍黑色觸鬚，蠕動着，愈來愈長。

「天哪，這是甚麼東西？」雷納德驚叫起來，托勒趕緊扶住幾乎站立不穩的老爺。

「是在鹽水帶海底襲擊大姐頭的東西！」布布路的話音未落，幾根觸鬚便加快速度，如利劍般刺來。

托勒靈巧地拉着雷納德和布布路一左一右跳開，他們身後的石磨被戳得粉碎！

「怪物！一定是鹽水帶的怪物追到這裏來了！」奴扎克滿頭大汗，哆哆嗦嗦地盯着那幾根蠢蠢欲動的觸鬚。

咻！帝奇的飛刀如光似電般接連在空中疾馳而過，幾段觸鬚便應聲落下。

「不過如此！」帝奇淡然地說。

「不……一兩根或許如此，但是成千上萬根呢？」餃子倒抽了一口涼氣，手指顫抖地指着遠處。

嘩啦啦……

整個影王村有水的地方全都沸騰了，無數藍黑色的觸鬚自

小溪、水井、水缸等地方蠕動着破水而出，它們如海草一樣相互交纏，密密麻麻地蠕動着……忽然，觸鬚以不可思議的速度齊齊襲向水源附近的村民，將他們捲起，拖進深不見底的水裏！

所有人都驚呆了，影王村裏的任意水源都彷彿連通着一個無法想像的可怕世界，那些黑藍色的觸鬚就如一雙雙恐怖的惡魔之手，將村民們一個一個地拉入水中，消失不見……

突如其來的劇變讓村內爆發出一片慘叫，村民們亂成一團，驚叫聲、哭喊聲、求救聲此起彼伏，不絕於耳。整個村子如臨末日，每個人都在逃跑，呼救，場面無比慘烈……

來之不易的「謝謝」

出乎所有人意料的大災難就這樣毫無預警地到來了！

嘩啦啦，嘩啦啦，水流的聲音被放大了數百倍，所有人都難受地捂住了耳朵。

「怪物！怪物來了！」

「救命啊！」

幾個村民向布布路他們所在的方向逃來，布布路眼明手快地將棺材砸過去，準確擊中村民們身後水溝裏蠢蠢欲動的觸鬚。

「天哪，他想用棺材砸死我們嗎？」

「都是這個災星惹的禍，我們趕快走！」

「對，離他愈遠愈好！」

被救的村民非但不感恩，一看到布布路，反而充滿怨恨地咒罵連連，彷彿這天崩地裂的災難全是布布路引來的。

「小心啊！」布布路一聲大喊。

就在村民們罵罵咧咧地轉身後退時，不遠處的溪水裏猛地伸出了更多更長更粗壯的觸鬚，村民們恐懼得頓時變成了毫無行動能力的「人形雕塑」，只會乾瞪着眼，看着那些蠕動的觸鬚快速襲來。

村民們統統被觸鬚捲住了身體，觸鬚收縮着，以詭異的速度飛快地拉扯着村民向小溪裏拖去。

「不好，這些觸鬚想把人拖到水裏去！」餃子緊張地叫道。

布布路飛身上前，在觸鬚的重重包圍下，一手用棺材擋住那些伸向自己的觸鬚，一手努力地伸向那些厭惡他的村民，大聲說：「快，拉住我的手！」

幾個村民渾身顫抖，居然沒有一個拉住布布路伸出來的救命之手。他們是害怕到無法行動，還是根本就不相信布布路呢？

布布路卻不在意這些，他一心一意地只想救出這些村民，於是不惜向溪水愈來愈靠近。

再這樣下去，布布路也會被愈來愈密集的觸鬚纏住，然後一起被拖進溪水！

「哼，笨蛋！看我用獅王咆哮彈轟爛這些噁心的東西！」帝奇召喚出巴巴里金獅。

「不行！帝奇，村民們會受傷的！」陷入苦戰的布布路不忘

阻止道。

「救……救……命啊……」纏着村民們的觸鬚愈捲愈緊，他們的臉色開始發青，手腳漸漸停止了掙扎，呼救的聲音也愈來愈微弱。

「藤條妖妖，藤鞭束縛！」餃子令藤條妖妖伸長藤條，像束花一樣捆住那一大羣觸鬚的根部，暫時封住了它們的行動。

帝奇騎着巴巴里金獅一躍而起，一道耀眼的銀色絲線在半空中劃出凌厲的弧度，那些纏住村民們的觸鬚全部被攔腰切斷成兩截，村民們也因此掉了下來。

布布路一咬牙，箭步穿行於這些觸鬚間，儘管全身上下被如鋼鞭般襲來的觸鬚蹭出一片片瘀青，但布布路的目光始終充滿堅定的信念，他一定要救這些村民。

每接住一個村民，布布路就用盡所有的力量將他拋向餃子他們，兩個同伴穩妥地接住村民們。

一番惡戰之後，他們成功地完成了這次營救，所有村民一個不落全部被救下。

布布路退到大伙兒身邊，第一句話竟是問這些村民：「你們都沒事吧？」

可他自己明明一臉瘀青，還滿身擦傷。驚魂未定的村民們開始疑惑了——

這個孩子真的是個災星嗎？一直以來，他們對這個孩子表現出的厭惡、蠻橫以及唾棄是不是錯了？

布布路不過十二歲，為了救他們這些大人，他如此不畏生

死，拚命地去戰鬥、去保護他們……

村民們的眼前不禁浮現起布布路過去生活在影王村時的畫面，這個孩子每天從事着沒人願意做的墓地工作，承受着各種流言蜚語，但他從來沒有做出任何出格的事情。即使面對四周的惡意，他仍能擁有純真堅定的眼神！說不定……他是個異常善良的好孩子……

「謝……謝……」村民們望着布布路，發自肺腑地說出了這兩個字。

再簡單不過的兩個字，背後卻凝聚着布布路長久以來的期待，這是他記憶中大家第一次如此真誠地直視他。

布布路目光閃動，剎那間，他的腦海中湧現出數個畫面 —— 就像是一棵不被看好的小樹苗，布布路付出汗水和努力澆灌數年後，終於開花結果了；又像是一座高不可攀的懸崖，布布路磨破手腳爬了數年後，終於看到了前所未見的風景……

所有付出都是值得的，布布路覺得此刻自己收穫了最好的回報。他擦擦眼淚，咧開嘴巴，指着身後的兩個同伴，無比燦爛地對着村民們笑道：「我們可是承載大家信任的怪物大師預備生啊！」

「傻瓜！」帝奇哼道，但臉上的表情說明了他也為布布路感到高興。

「但是，是個可愛的傻瓜，不是嗎？」餃子攤攤手，故作無奈地補充道。

然而，這種溫馨的氣氛沒能持續更久，布布路的耳朵突然機敏地動了動，小茅屋那邊隱隱傳來了小孩的哭聲和打鬥的聲音！

不好，是剛剛那些被控制的孩子！茅屋那邊有危險了！大家心中暗叫不妙。

「我們快回小茅屋吧……」布布路擔心地招呼餃子和帝奇往回跑，那幾個村民也跟了過來。

危機中的覺醒

布布路一行以最快的速度返回小茅屋。在很短的時間內，地面就被撕扯得千瘡百孔，一股股冰冷的水流順着地面的裂縫汨汨湧出，蠕動的觸鬚盤踞着佔領了更多的地方。

賽琳娜渾身發着陰冷的藍光，穿過千年古木的層層樹葉，浮到了空中更高的地方。雷納德被一根觸鬚纏住腳踝，半截身子卡在地面的裂縫中，管家托勒用力挽住雷納德的上半身，阻止他被觸鬚拖入水中。奴扎克縮在一處角落裏，照看着奄奄一息的赫維留斯。布布路的爺爺則帶着甦醒的幾個孩子躲到了茅屋的屋頂上，孩子們瑟瑟發抖地抱成一團，發出絕望的哭喊聲。

餃子見狀趕緊甩出長辮，加上藤條妖妖的四根藤條，一起幫着管家拉回了雷納德。

同時，布布路和帝奇分別使用棺材和暗器來解決那些衝着眾人而來的觸鬚。

救回雷納德後，三個預備生也就沒了顧忌，率領着他們的怪物齊齊發出絕招攻擊。

布布路手持金盾棺材一路掃蕩，以閃電般的速度砸扁了無數觸鬚。

帝奇的飛刀在巴巴里金獅的獅王咆哮彈配合下，像砍瓜果一樣，劈斷了一排又一排自地面縫隙中衝出來的觸鬚。

餃子長辮一揮，鈎住一根觸鬚，將它連根拔起！藤條妖妖舒展四根藤條，散射出如雨般的尖刺，刺得這些觸鬚紛紛躲回了水中……

厲害！太厲害了！親眼目睹三個預備生的戰鬥力，一旁的村民們全都傻眼了。

只消片刻，觸鬚就被悉數驅散，孩子們爬下屋頂，一擁而上，圍住了布布路三人。「你們真是太厲害了！不愧是真正的怪物大師預備生！」孩子們看三人的眼神閃閃發亮，尤其是對布布路這個大人口中的「災星」，更是佩服至極。

「我一定要告訴爸爸媽媽你是個英雄！我以後也要成為像你一樣厲害的怪物大師預備生！」一個小孩對布布路豎起大拇指。

「嘿嘿！」布布路不好意思地撓着頭傻笑。

這時，他們所站的地面發出了更加劇烈的震動，就聽轟的一聲巨響，影王村內一處奔騰的地下水，伴隨着巨大的水壓沖破了地面！

「糟了，如果村裏的地下水全部爆沖出來，就會引起倒灌，到時整個村都會被毀掉的！」村民們心急如焚。

四面八方的求救聲更加高亢，更加雜亂……三個預備生清楚地意識到，目前的情勢十分嚴峻，影王村岌岌可危，水中的觸鬚更是源源不絕，這場恐怖的大災變絕不是靠他們幾個人的力量就能夠挽救的！

怎麼辦？向基地求救嗎？但遠水救不了近火，不，或許應該說遠火救不了近水。

布布路感覺自己的腦袋亂得像扯不清的麻紗，他到底該怎麼做才能拯救村子，拯救所有的人？

「請問……要怎樣做才能對付這些觸鬚？」村民中，一個胖大叔站了出來，支支吾吾地說：「我想這個時候我們應該發動每個村民自救。」

「我……我看見很多人被觸鬚捲起來，拖入了水裏……不知道大家是不是還活着。」一個大嬸抽泣着。

「村子裏還有很多老人和孩子，雖然力量有限，但我們想救人。」其他村民也出聲附和。

「這……」布布路只知道自己用手扯，用棺材砸，卻不知道如何教其他人對付這些觸鬚，只好求助地看向他的智多星同伴——餃子。

餃子托着下巴沉吟道：「這次災變的起因是大姐頭和水之牙的融合，既然水火相剋，也許我們能用火攻。」

「火攻嗎？」爺爺不知道從哪裏醉醺醺地跳出來，手上拿着幾塊暗紅色的石頭，「我們村可是焰角・羅倫的故鄉，這種低級的火石，可是隨處可見……也許會有效果……」說完打了

一個飽嗝，找了一個靠牆的位置休息去了。

　　餃子隨手從地面挖出幾顆褐色的低級火石，向不遠處的幾根觸鬚扔過去，果然有效，火石砸在幾根觸鬚上，被砸到的觸鬚立即呈現一種被灼傷的焦糊狀態，觸鬚也相應地向後瑟縮不再靠近。

　　這種跟泥土相似的低級火石是藍星最常見的元素石之一，也是野外最便捷的取火材料，在影王村尤其高產，村民們平日就可以隨意得到它們，而現在卻成了村民們最好的武器。

　　「太好了，有救了！」胖大叔抹抹眼淚，感激地看向餃子一行人。

　　餃子則是若有所思地看了一眼已然酣睡過去的守墓人爺爺，隨即對着村民們補充道：「另外，這些觸鬚只能從有水的地方冒出來，只要大家小心有水的地方，就能減少危險。」

　　「謝謝你們，我們這就去轉告村裏其他人！」幾個村民稍稍商量，決定各自負責一方，務必通知到整村的人。

　　「請讓我們也一起去！」幾個孩子也從地上撿起幾塊火石。

　　布布路心中那份希望和感動的火苗愈燒愈旺，他對着轉身離去的村民揮手大喊：「只要大家齊心協力，村子一定能度過危機！」

怪物大師職業選定指南

Q06

當你得知自己的體內有水之牙，而具備水之牙的人即能自由控制天地間的水元素，你會如何使用這份力量？

A. 覺得這個能力好棒，馬上試試看呼風喚雨的感覺。

B. 這不是自己真正的力量，所以完全不想使用它。

C. 擔心會有負面作用，暫時不敢使用，等確定無害之後再說。

D. 賺到了，以後家裏的水費省了。

E. 要用嗎？不要用嗎？要用嗎？不要用嗎？好矛盾……

■即時話題■

布布路：我突然發現作者在塑造一些較厲害的角色時，總喜歡在他們的體內做文章！比如說，食尾蛇組織的黃泉，他的怪物般若鬼王就是從他的骷髏眼珠子裏鑽進鑽出，平時很可能就住在他身體裏面。再然後，餃子的體內也有個不得了的邪神伊里布。現在連大姐頭的體內也莫名其妙多了水元素始祖怪海因里希的一顆牙……哇，真是好羨慕！感覺大家的身上都閃耀着作者賦予的特殊光芒，簡直要閃瞎我的眼睛了！

賽琳娜：你是認真說這些話的嗎？我現在很想捶你拳頭！（磨牙）

餃子：說實在的，作者的這份「厚愛」真是壓死我了！如果可以的話，我想和布布路你交換，我寧願要主角的光環啊！

帝奇：你的怪物四不像之前還吞了「炎龍之魂」，還威猛地大變身……我的巴巴里金獅卻從 A 級降到 C 級！哼，你不覺得作者對你才是最偏心的嗎？

布布路：我錯了，對不起，我不該評斷我們親爹雷歐的創作理念。（跪拜懺悔）

完成這個測試後，你可以鑒定自己適合成為甚麼類型的怪物大師。
記下你的選擇，測試結果就在第十部的 204，205 頁，不要錯過哦！

這是成為怪物大師的必經之路!!!

·尊敬的讀者：現在你跟隨布布路一起踏上了成為怪物大師的道路！向所有的困難發起挑戰吧！

遠古巨獸的斷齒迷蹤

MONSTER MASTER 9

新世界冒險奇談
第十三站 STEP.13

心意相通的奇跡
MONSTER MASTER 9

連鎖危機，巨變的前兆

「太天真了…… 你們 …… 不會把事情想得這麼簡單吧？……」

赫維留斯虛弱地開口，他整個身體像木乃伊一般乾癟塌陷，連眼睛都快睜不開了，可他的嘴角卻帶着一絲嘲諷。

「甚麼意思？」布布路緊張地問。

赫維留斯的話讓所有人剛剛稍微放鬆的心再度提到了嗓子眼。

「你們知道那些被觸鬚擄走的村民們去哪兒了嗎？」赫維留斯選擇了反問，也加劇了大家的不安，「你們沒注意嗎？水中那些見人就抓的觸鬚偏偏沒有擄走我，甚至根本懶得靠近我……」

是啊，那些觸鬚想把村民們擄到哪兒去呢？又為何要擄走他們？眾人這才注意到這個疑點。

赫維留斯使勁喘着氣繼續道：「那是因為失去水之牙的力量，我已經不被需要了……新的代替品已經出現了，更多的生命會為此陪葬……這就是你們從我身上奪走水之牙所要付出的代價。」

「難道還有甚麼更可怕的代價嗎？」剛剛死裏逃生的雷納德看着高空中的女兒，無比後悔地抱住了頭，「都是我的錯……都是我不該去鹽水帶……我害了賽琳娜……害了整個村子。」

「少故弄玄虛！有話就說清楚！」帝奇快步閃到赫維留斯身前，閃亮的蛛絲勒住了他的脖子。

赫維留斯蓄足了一口氣，對大家說：「雖然我的記憶出現了斷層，但我知道，這是前兆，這只是災變的前兆。所有人都難逃厄運……被捲走的人類將和我的族人一樣異變為低等的軟體動物……海因里希即將回歸……」

「等海因里希回來的時候，藍星的喪鐘就會敲響……」

說到這裏，赫維留斯就像一堆爛泥般癱軟在地。

布布路看了看奴扎克背後的哈奇，赫維留斯的意思再清楚

不過，村民們會跟哈奇一樣異變成水蜓，水元素始祖怪海因里希即將回歸……

災變……災變還只是剛剛開始……

想到這裏，所有人都難以抑制地冷汗直流。

雷納德腳步踉蹌，他萬萬沒想到，自己孤注一擲的冒險行動，會接連觸發如此可怕的一切，管家托勒擔心地攙扶着老爺。

影王村有着豐富的地下水，而觸鬚能從任意水源鑽出，簡直無處不在，他們根本無法保護所有的村民，更難以救回被捲走的人……

帝奇回憶着雷頓家族各種應對災難的招數，餃子回想着自己周遊列國的各種見聞，但他們都找不出任何應對之策，就連向來樂觀的布布路也露出了沮喪的表情。

在前所未見的災難面前，所有人都沒了主意。每個人心中都籠罩着巨大的恐懼陰影，他們不知道影王村的未來會怎樣，不知道當海因里希重現藍星時，等待着他們的會是甚麼，不知道琉方大陸會受到怎樣的影響，甚至，這個時代將因此出現怎樣可怕的變動……難道，他們能做的只有等待嗎？

就在大家陷入一片沉默的時候，守墓人爺爺突然重重地拍拍布布路的腦袋說：「萬事萬物，有因就有果，一旦掌握了因果關係，就能改變宿命……」

「我可不記得自己教出來的孫子是這麼沒精打采的小子！」爺爺指着天空對布布路眨眨眼。

「沒錯！因是大姐頭體內的水之牙！只要改變這個因，我們就能改變結果！」布布路被爺爺一巴掌拍醒了！

「現在還不是放棄的時候！」餃子也鼓勵大家。

驚魂未定的眾人這才回過神來 ── 先救回賽琳娜要緊！

新型獅王咆哮彈

「大姐頭！我們這就來救你！」布布路深吸一口氣，大聲喊道。

但賽琳娜渾身被黑水包圍着，目光沒有焦點，對布布路的呼喊置若罔聞。

「現在我們只有靠四不像了！」餃子指着坐在棺材上的四不像說：「它體內殘存着炎龍之魂力量的火，是水之牙最好的剋星，之前赫維留斯也很害怕它的火焰攻擊。」

「四不像！拜託你了！」布布路雙手舉起四不像，深吸一口氣，彷彿想把自己所有的力量透過指尖傳給四不像，「雖然你還不能控制火球嗝，但是……請你，用最大的力量，拯救大姐頭，拯救影王村。」

帝奇和餃子也把雙手疊加在布布路手上，所有人的信念都寄託在這隻奇特的怪物身上。

「布魯 ──」四不像癟癟嘴，打了個嗝，似乎不太喜歡大家嚴肅又深沉的表情。它拍拍肚子，又不屑地斜了布布路一眼，似乎在說：奴僕們，跟本大人一起上吧！

「可是，這個高度，怎麼上去呢？」布布路費力地抬頭，看了看在視線中幾乎變成了一個黑點的賽琳娜。

「我有個辦法，但要冒一定風險！」帝奇平靜地說出讓在場所有人無不吃驚的話，「讓巴巴里金獅把四不像給吞了！」

甚麼？布布路和餃子的眼珠子都要瞪出來了，下巴幾乎掉到地上。

不等他們發問，帝奇繼續說：「巴巴里金獅的獅王咆哮彈是一種高頻聲波攻擊方式，是通過巴巴里金獅發出高頻能量吼叫後，將能量聚集而產生巨大破壞力的招數。但是如果此時在它口中塞滿東西的話……」

「會怎樣？」布布路期待地問。

「理論上來說，口中的物體應該不會受到傷害，而是會像炮彈一般從它嘴裏射出去！」

布布路肩上的四不像扭着臉露出一百個不情願的表情，看準時機準備往棺材裏鑽，卻被布布路一把抓住。

　　「太帥了！」布布路興奮得雙目放光，「能把我一併吞了嗎？」

　　這回輪到巴巴里金獅頭頂冒汗了，帝奇嘴角抽搐地一把搶過四不像，塞到巴巴里金獅嘴裏。

　　「獅王咆哮彈！」隨着帝奇下達指令，巴巴里金獅胸部迅速擴張，鬃毛濃密的脖子後縮，緊接下來是一聲悶響，四不像一臉扭曲地從金獅的嘴巴裏飛射而出，如同一枚升空的紅色炮彈徑直衝向空中的賽琳娜。

　　「哇啊啊啊啊 ——」所有人都發出不可思議的驚呼。

　　在獅王咆哮彈的強力助推下，四不像成功飛向賽琳娜，但它醞釀了半天，卻沒有打出半個嗝來，眼看又要徑直墜落下來。

　　賽琳娜輕輕抬手，朝礙眼的四不像「唰、唰、唰」甩出三道黑水利劍，前兩道利劍貼着四不像的身體掠過，而最後一道利劍直奔四不像的腦袋而去！

　　「不好！」布布路他們在底下狠狠捏了一把汗。

「布魯，噗！」就在黑水利劍要擊中四不像的最後關頭，四不像使出全身力量，汗毛全部豎起，一團帶着無邊熱浪的火球從口中直噴而出。

接觸到火球的黑水利劍瞬間氣化，賽琳娜還來不及顯露吃驚，就被火球結結實實地擊中了。

嘭的一聲巨響，空中的黑水悉數氣化，賽琳娜的身子一斜，像斷了線的風箏一般從空中墜下。

「藤條妖妖，藤網！」餃子一個箭步衝上前去，張開的藤網穩穩當當地接住了墜下的賽琳娜。

布布路也疾速向前衝出，將落下的四不像穩穩地抱在懷裏。

三人趕緊朝賽琳娜圍攏上去，賽琳娜雙目緊閉，氣息微弱，身上的藍色銘文若隱若現。

「大姐頭！快醒醒！」布布路焦急地呼喚道。

「布魯，布魯！」四不像好像也有點兒後悔剛剛那個嗝打得太大了點……

「問題不大，只是太虛弱了，」帝奇摸了摸賽琳娜的脖子說：「看，大姐頭身上的藍色銘文退去了不少，水之牙的影響應該降低了。」

淚水中的升級

「太好了！」看到女兒沒有大礙，雷納德虛脫地跪在地上，

大把抹起眼淚。托勒、布布路爺爺和奴扎克也跟了過來。

就在所有人都鬆了一口氣的時候，賽琳娜突然雙目圓睜，雙手死死地掐住了正對自己的布布路的脖子，力道之大簡直就如同一把鐵鉗。

帝奇和餃子見狀況不妙，趕緊拽住賽琳娜的手，想把她拉開，可是用盡力氣也沒能讓她的手有絲毫鬆動。

四不像拍着肚皮上躥下跳，似乎想再次醞釀出火球嗝。

但賽琳娜先發制人，她一聲怒吼，將四不像連同帝奇、餃子、巴巴里金獅和藤條妖妖震出老遠，連站都站不起來。

只有布布路還被她死死地掐住脖子，痛苦地掙扎着⋯⋯

「大姐頭⋯⋯快醒醒⋯⋯」布布路艱難地從牙縫中擠出幾個字以後，就再也沒有了力氣。

賽琳娜將垂死的布布路狠狠地擲了出去，布布路在地上翻滾了幾圈後，一動不動地趴在地上。

隨後，賽琳娜再次輕飄飄地向空中浮去，雷納德不顧一切地撲上去拉住她的腳，托勒又拉住雷納德的腳。但這都是徒勞的，他們的重量對現在的賽琳娜來說根本微不足道，兩人反而被拖着一起往上升去！

「女兒！你醒醒啊！爸爸不想看到你這個樣子⋯⋯」雷納德聲嘶力竭地呼喚，他多麼希望賽琳娜可以立刻清醒過來，但賽琳娜毫無回應，而托勒的腳也離開了地面⋯⋯

雷納德只好鬆了手，和管家一起落回地面。

賽琳娜愈飄愈高，她身上的藍色銘文從若隱若現到深邃如

同刀刻在皮膚上般，還有節奏地透射出淡藍色的光芒。

　　空氣中的水元素隨之聚集而來，在她的四周生出大片水霧，並在她的前方形成一面烏黑的屏障。緊接着，她自如地舞動雙臂，密集的黑水炮從水幕中呼嘯射出，殺氣騰騰地朝着布布路等人砸去 ——

　　「小子！趕緊跑啊！」爺爺大聲疾呼。

　　布布路勉強抬了抬眼皮，黑水炮近在眼前，他卻動彈不得……完蛋了，這下子要被黑水炮打成蜂窩了！

　　其他人也措手不及，在如此密集的黑水炮攻勢之下，他們根本來不及找到掩護。

　　眾人命懸一線之際，賽琳娜的口袋中突然發出一道耀眼的藍光，那光芒穿透黑水屏障，躍了出來 ——

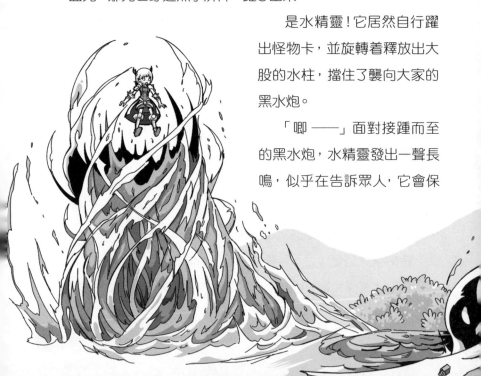

　　是水精靈！它居然自行躍出怪物卡，並旋轉着釋放出大股的水柱，擋住了襲向大家的黑水炮。

　　「唧 ——」面對接踵而至的黑水炮，水精靈發出一聲長鳴，似乎在告訴眾人，它會保

護好大家，哪怕耗盡生命也在所不惜！

　　怪物是最瞭解主人心意的，因為彼此心意相通……所以，是不是可以認為水精靈自行脫離怪物卡來保護大家的舉動，是大姐頭的真實心意呢？

　　布布路看着竭力噴射水柱的水精靈，渾身上下突然充滿了力氣，他一躍而起，準備再試一次，一定要救回大姐頭！

　　超負荷的發揮讓水精靈元氣大傷，水柱迅速縮小，水精靈終於體力不支，再也無法抵擋了……

　　「唧唧唧！」它被密集的黑水炮接連擊中，發出痛苦的嘶叫。

　　水精靈的每一聲哀號都換來賽琳娜猶如條件反射般的劇烈一顫，雖然被水之牙操控，但她依然感覺到水精靈的痛楚……

　　賽琳娜正陷在痛苦的深淵中，她不想傷害親人和夥伴，更不想傷害水精靈，她想要結束這噩夢般的一切，但卻無能為力！周圍一片黑暗，她體內水之牙的力量正在不斷提升，甚至直達頂峰……她動不了也叫不出聲，根本無法抵抗水之牙中那個聲音的意志！

　　「不要害怕，我會保護你……」一個久違的溫暖聲音出現在賽琳娜腦中，兩行熱淚從賽琳娜空洞的眼中滑落，是水精靈的聲音！

　　就在這時，更大的奇跡發生了——

　　遍體鱗傷的水精靈的形態突然變化了，它的身體成倍地膨脹、拉長，額上隆起一顆晶亮的水滴結晶，後背上長出了一道道鋒利的鰭，通體呈現出透亮的冰藍色。

　　一眨眼的工夫，水精靈的形態完全改變，唯一不變的是它看向賽琳娜時關切的眼神。水精靈龐大的身軀迅速起伏，雙眼深深地看着自己的主人，緩緩地張開口——

　　轟轟轟！

　　那絕對是驚天動地的一招！數道有如水龍捲般威力強大的水柱從它口中噴湧而出，直插向不斷吞吐出黑水炮的水幕！

　　水幕坍塌，如同一場傾盆大雨轟然落下。

　　賽琳娜的目光瞬間恢復了清明，水精靈為此耗盡力氣，化作一道藍光鑽回怪物卡，只見怪物卡的怪物等級欄上，原本的 D 赫然變成 C，水精靈升級了！

　　賽琳娜落在地上，衝大家擠出蒼白的笑意：「謝謝你們，

放心，我沒事了……」隨後，她頭一歪，徹底昏了過去。

　　隨着賽琳娜的暈厥，所有的觸鬚都蜷縮回深水中，寂靜中只能聽到那種類似脈搏跳動的聲音在村子中不斷放大，猶如應和着眾人沉重的心跳聲。

新世界冒險奇談
第十四站 STEP.14
隱藏的故居
MONSTER MASTER 9

危機，破繭而出的怪物

　　砰、砰、砰──

　　影王村的大地有節奏地震動起來。

　　遠遠地，大家只看到地面裂開的那些密密麻麻的水洞中，幾十個巨大的黑色繭子被拋了出來，那些繭一接觸到地面便紛紛炸裂開來，黏稠的液體噴濺得到處都是。

　　「不好了！」布布路手搭涼棚張望着：「是……是那些被觸鬚捲走的村民們！」

眾人心中一沉，一切真如赫維留斯所言嗎？村民們已經被改造完成，那麼下一秒出現在他們面前的會是 ——

破裂的繭中，被觸鬚擄走的影王村村民重獲自由，從黏稠的液體中探出了頭，隨即一個個姿態扭曲地從裂開的繭中爬了出來！

他們邁着搖搖晃晃的步子，集中朝布布路他們包圍過來，眼中全然沒有人類該有的溫情，取而代之的是如野獸般的駭人血色。

更恐怖的是，隨着距離的靠近，他們身上的衣物一件件掉落下來，皮膚變得透明而黏滑，沒有一絲褶皺，身體幾乎不成人形。異變以肉眼可見的速度加速擴張起來，很快，大部分村民從頭到腳都變得和哈奇別無二樣……

他們居然親眼目睹了人變成水蜓的過程！布布路他們目瞪口呆。

「哇啊啊啊 ——」

雷納德發出痛苦的嗚咽，因為他看見一隻水蜓披着熟悉的金絲衣服，那是他送給妻子的禮物。賽琳娜的媽媽竟然也在其中！

「哈奇，你怎麼了？」老海民奴扎克也發出驚叫聲。哈奇一下子從他背後的簍子裏躥出，加入了水蜓大軍，冷冰冰地盯着自己的人類哥哥，一點也不像之前依賴奴扎克的模樣。

噗、噗、噗 ——

水蜓們毫不留情地發起攻擊，它們口中噴出一股股惡臭無

比的黏液，那黏液具有可怕的高腐蝕性，所及之處瞬間溶解。

如果沾到人，絕對是太危險了！想到這裏，大家無不冷汗直流。

但面對這些軟體生物，布布路他們根本無法使出任何攻擊的招數，要知道它們都是影王村可憐的村民，其中還不乏他們的親朋好友……

影王村裏，每一道地裂都跟水源相通，愈來愈多的水蜓蠕動着從地裂中躥出，眾人只能狼狽地東躲西藏。

發現了焰角·羅倫的故居！

眼看水蜓的包圍圈愈縮愈小，布布路他們幾乎背靠背貼在了一起。

賽琳娜還昏迷着，赫維留斯有氣無力，形同廢人，還有爺爺和雷納德幾個毫無戰鬥力的人需要照顧，如何突圍呢？

餃子四下打量後，面具後的狐狸眼閃過一道精光。

「藤網彈弓！」餃子吩咐藤條妖妖在兩棵粗壯的古樹間張開一個巨大的藤網彈弓，示意眾人全部進入藤網之中，隨後對帝奇說，「麻煩你讓巴巴里金獅使用獅王咆哮彈助我一臂之力。」

帝奇點頭同意，他拖着因擔心哈奇而不願走的奴扎克，一起進入藤網。

「據我觀察，墓地那邊是影王村地勢最高的地方，離地下水源也較遠，我們就往那個方向去吧！」餃子建議道，不知為何他總覺得守墓人爺爺那裏暗藏玄機。

「嗷 ——」隨着巴巴里金獅一聲震天巨吼，大家被彈出了

水蛭的包圍圈。

「噢！我們飛起來了！」布布路的興奮勁上來了。可惜話才剛剛說完，他就發現大家忽略了一個重要的問題 —— 怎麼落地呢？

「哇噢噢噢噢噢 ——」

眾人後知後覺地慘叫起來，在獅王咆哮彈和藤網彈弓的雙重力量作用下，布布路一行如同數顆人形炮彈一般朝着墓地那幢老房子飛去。

墓地位於山頭，林立的墳頭和墓碑周圍環繞着許多藤蔓植物，布布路家的小木屋跟一棵參天巨樹奇妙地融合在一起，位於墓地的正中央。

所有人一個接一個，全都失重地向下跌去⋯⋯

轟的一聲，原本就搖搖欲墜的木房子，一下子被他們壓垮了一半。

不知過了多久，可能只是短短的一瞬間，也可能是很久，一羣人終於從天旋地轉的翻滾中停下來。塵土飛揚間，他們灰頭土臉地爬了起來。

「我們不是應該掉在我家裏嗎？可是⋯⋯這是哪兒？」布布路疑惑地眨着眼，這可不是他住了十二年的地方。

大家居然掉進了一個奇怪的房間，不，也許不應該說這是個房間，因為這裏根本沒有牆壁，四周赫然是無盡的黑暗⋯⋯

更讓布布路他們驚奇的是，這個被黑暗包裹的「房間」內雖然沒有任何光源，他們卻能清楚地看見這裏的一切。「房間」

的一角堆滿了各種雜物，其中不乏樣式奇特的武器和鎧甲。

「這堆東西看起來像藍星的古武器，看，這種錘子早就沒人用了。」餃子邊查探邊嘀咕：「這些東西全都破破爛爛的，毫無價值，至少我可以肯定這不是甚麼藏寶屋。」

帝奇謹慎地向四周探了探腳，發現那無形的黑暗竟然勝似牆壁，根本無法穿透！

這是怎麼回事？布布路家裏為甚麼隱藏着這種地方？所有人的目光都集中在布布路的爺爺身上。

「別看我，是你們帶我掉下來的。」老爺子揉了揉紅紅的大鼻頭。

這下子大家全都傻眼了，好不容易擺脫了水蜓，卻被困在一個不知名的地方。

「可惡！我還要出去救我妻子！」雷納德暴躁地踢了踢黑暗的牆壁，背着賽琳娜的管家托勒趕緊幫着老爺一起找出口。

布布路、餃子、帝奇和奴扎克也分頭探索起來。

「我休息一會兒！」只有布布路的爺爺倚着雜物堆就躺了下來，並隨手拿起那堆雜物中的一本黑皮書蓋在臉上，看起來一點兒也不着急。

「老頭子！現在可不是睡覺的時候！」布布路氣沖沖地想把爺爺拉起來。

拉扯中，黑皮書中掉出一張金箔，金箔吱吱燃燒起來，浮現出一隻威嚴的紅色巨龍的頭部影像。

後來者們……

火光之中，傳出一個雄渾且蒼勁有力的男聲。

我的名字是焰角·羅倫，我此生最大的遺憾，便是在我的冒險生涯中留下了一個足以顛覆世界的巨大隱憂。

因此我把這段冒險記錄於此，我相信，在我的故鄉，未來一定會出現了不起的英雄後輩，你們會傳承我和炎龍的意志，來到這裏聆聽歷史的真相，並勇敢地擔負起拯救藍星的責任。

「這個聲音是焰角·羅倫的？」所有人都震驚地停下動作。

這個「房間」難道就是焰角·羅倫隱藏的故居嗎？

怪物大師職業選定指南

 07

你的面前出現了一大羣從未見過的奇怪生物，不過它們身上披着村民的外衣，還對你發起了致命的攻擊，你會怎麼做？

A. 砰砰砰、嘭嘭嘭，當然是反擊回去！

B. 有蹊蹺，在搞清楚原因之前，先不要貿然動手，以躲閃為主。

C. 此事非同小可，當然要活捉一隻，日後找專家好好研究一下。

D. 一個字：閃！戰鬥的事交給同伴，保命要緊。

E. 雖然不知道語言溝通有沒有效果，但還是決定試試看，與這些奇怪的生物進行對話。

■即時話題■

布布路：在所有的怪物大師中，哪類會經常遇見奇怪的生物呢？

餃子：我認為是美食怪物大師，他們為了探尋各種美味珍奇的食材，會滿世界地奔走，甚至不顧性命地深入那些凶險之地，也正因如此，他們總會遇見一些我們聞所未聞的奇怪生物！

賽琳娜：照你的說法，那些記錄藍星地理風貌的怪物大師其實也很容易碰到奇怪的生物。

帝奇：另外，那些熱衷尋寶的怪物大師應該也會在冒險過程中遇到各種不可思議的生物。

布布路：哇，你們說的三類職業都不錯，我喜歡！

三人齊齊看過來，異口同聲道：你有烹飪美食的技巧／令人身臨其境的優美文筆／鑒賞奇珍異寶的眼光嗎？

布布路：……我突然感覺自己的就業前景不太樂觀。

完成這個測試後，你可以鑒定自己適合成為甚麼類型的怪物大師。

記下你的選擇，測試結果就在第十部的204，205頁，不要錯過哦！

新世界冒險奇談
第十五站 STEP.15

來自過去的使命
MONSTER MASTER 9

故事之源

眾人費盡心思尋找的焰角・羅倫故居竟然近在眼前！

在所有人不可思議的目光中，那聲音繼續說道——

這一切的起源，要追溯到遙遠的怪物星球……

怪物星球與藍星相隔億萬光年，上面居住着各種各樣的原住民怪物。

不幸的是，由於一些我們未知的致命因素，怪物星球不

再適合怪物生活，絕大部分的怪物都掌握了一種撕裂空間進入虛空的能力，在那裏它們進入深度睡眠以維繫生命。後來，怪物星球和藍星之間產生時空的連結，沉睡的怪物可以感應到人類的召喚而甦醒，與人類達成生死契約，穿過混沌的時空裂縫來到藍星，藉由怪物果實得到重生。

人類的召喚是怪物們來到藍星的唯一途徑，但也有極少數強大的怪物例外，它們可以自行撕裂空間，去往任何適合它們居住的星球。作為土、水、火、氣四大元素的始祖怪都具備這種改變空間的能力。

在四大始祖怪中，氣元素的始祖怪，就如同它所代表的自然屬性一樣神祕莫測，我從未見過它，也從未聽炎龍提起過它。

而土元素的始祖怪是巨人蓋亞，S 級怪物泰坦們就是蓋亞的後代。據說蓋亞本身從未離開過怪物星球，也有傳說巨人蓋亞的真身早已化成藍星上的一塊大陸，當然這些傳說都過於古老且荒誕，根本無從考證。

關於始祖怪，我唯一能肯定的就是，火元素的始祖怪炎龍與水元素的始祖怪海因里希是天生的宿敵關係，就像是被相剋的元素本能所驅使，自誕生之日起，它們就開始了無盡的廝殺。

那種要消滅對方的念頭深入骨髓，一直在驅使它們不斷地戰鬥。它們不崇尚自由，也不為生存而戰，它們之間甚至從不存在仇恨，但是消滅對方是它們生存在這個世界上的唯一理由。它們從未想過這一切都是為了甚麼。而這個理由從它們

誕生開始，就一直留在它們雙方的記憶深處。

　　在人類還處於蠻荒時代時，炎龍和海因里希就先後撕裂空間來到藍星，而它們之間無盡的戰鬥也就波及到藍星。

　　藍星與怪物星球不同，合適的生存條件讓它們不需要考慮任何其他因素，他們可以盡情地戰鬥。

　　戰鬥持續了好幾百年，隨着戰鬥的白熱化，天空中不斷有冰雹夾雜着帶火的隕石雨落下。人類最初苦不堪言，卻在這場持續幾百年的世紀之戰中意外地掌握了火元素與水元素的初級使用方法，開創了刀耕火種的新紀元。

　　最後，炎龍在自己力量耗盡之前打敗了海因里希。

　　看着奄奄一息的海因里希，那一瞬間，炎龍腦海中浮現出它從未思考過的問題：一切都結束了嗎？在我終結海因里希的

生命之後，我又將何去何從？我應該與
無盡的虛無融為一體？或者要撕裂空間
去毀滅我所看到的一切？

　　它看到遠處的大地上，有甚麼東西在密密麻麻地移動
着，這是炎龍穿越到藍星後第一次注意到這些被稱為人類的
小生命，他們是那麼的脆弱，自己的一個呼吸就足以殺死數
以萬計的人類。

　　炎龍觀察着人類，腦海中湧現出一個奇妙的想法，於是
它做了一個連它自己都覺得難以置信的決定。

　　它將自己頭上的犄角折斷，置於空曠的琉方大陸的正中，
犄角內保留着炎龍永恆的意志，以及足以創造和摧毀這個世
界的力量。

　　隨後炎龍帶着奄奄一息的海因里希一起穿越時空去到未
知的虛空之中，而海因里希在被拖入虛空的最後一刻，悄悄咬
碎了自己的一顆牙齒，並且將其留在了藍星。

　　最終兩隻遠古怪物就這樣消失在虛空中，而它們殘存在
這個世界的一點點力量，在未來的數萬年中一直默默地改變
着這個世界。

焰角・羅倫的聲音將大家拉回那遙遠的時代，大家這才知道怪物的起源。

「難道焰角・羅倫的炎龍就是那隻犄角嗎？」一向不開竅的布布路忍不住發出驚呼，「哇哦，那如果是完整的始祖怪炎龍，力量該有多強啊！」

「噓！」其他人立刻瞪向他，示意他閉嘴，繼續往下聽。

永不停歇的冒險

數萬年來，炎龍的犄角一直屹立在大陸正中，它代表着炎龍的意志，一直默默地觀察着這個世界，它既置身於這個世界之中，又游離於這個世界之外。

琉方大陸正中的犄角已經成為人類最信奉的神物。人們會結伴來祈禱，祈求來年的豐收、族人的平安。每當願望實現，人類都會用他們獨有的方式狂歡好幾個晝夜。但大多數時候，犄角只是用沉默回應着人類。

直到有一天，一個瘦小的人類小男孩在炎龍的犄角下講述了一段故事：

小男孩告訴炎龍，他的村子遭到「恐懼的黑帝」鎮壓已經數百年，人們苦不堪言。「恐懼的黑帝」每年都來洗劫村子一次，掠走大量糧食，以及成年的男性村民，把他們當作奴隸。很多年過去，被擄走的奴隸從來沒有一個活着回來，就像從人間蒸發了一樣。村子裏留下的都只是老弱婦孺，靠着那

點貧瘠的土地，艱難耕種，生活完全看不到希望……

炎龍原本不想插手人類之間的事，它只想默默地觀察，但是這次它感覺事態有點不同，這裏面有一些讓它感到不安的因素。它答應了小男孩的請求，特角化身成一條紅色巨龍，跟着小男孩回到村子裏。

但奇怪的是，「恐懼的黑帝」的勢力卻在這時候突然消失，隱匿無蹤。而黑帝的城堡也在山洪之後成了一片廢墟。

炎龍仔細觀察城堡的殘骸後，發現殘骸中居然留存着某種原本不屬於這個世界的力量，炎龍可以確定這力量來自它的老對手 —— 海因里希！這個發現讓炎龍無比意外。海因里希此刻應該正在某處的虛空之中永恆沉睡着，這裏怎麼可能會有它留下的痕跡呢？

於是炎龍決定和這個小男孩一起追蹤事件真相。一路的冒險歷程中，炎龍在這個小男孩身上看到了很多不可思議的特質，他是那麼的脆弱和渺小，但是在他身上卻有許多與他的弱小不相符的氣質：坦誠、勇敢、仁慈、果斷 —— 炎龍覺得他未來必然會成為一個偉大且仁慈的戰士！

小男孩的人類精神深深地打動了炎龍，炎龍教授了他很多戰鬥的技巧和靠人類自己永遠無法掌握的技藝，它決定一直守護並跟隨這個小男孩，直至世界的盡頭。

從炎龍做出這個決定的那一刻起，我 —— 焰角·羅倫的大冒險時代就開始了！

水之牙的祕密

燃燒的金箔啪啪作響，快要熄滅，影像開始搖晃，在場的所有人都屏住了呼吸，凝神聽着那令他們羨慕和驚歎不已的歷史真相：

追尋着時斷時續的線索，幾年之後，我們終於找到了和「恐懼的黑帝」正面交鋒的機會。當我第一次見到「恐懼的黑帝」的時候，我就知道我永遠都不會忘記那雙完全被恐懼佔據的眼睛，他的雙眸中沒有任何希望，那是被強大的邪惡力量所控制的可憐人的眼神。

擊敗他之後，我想將水之牙從他身體裏分離出來，卻發現我根本無法做到。無奈之下，我給了他一個毫無痛苦的結束，希望他死後能夠得到寬恕。

我以為恐怖傳說就此終結，但往後的日子中仍然不斷有「恐懼的黑帝」的傳言。抱着將信將疑的態度，我追蹤而至，居然發現「恐懼的黑帝」復活了！

當我再次出現在「恐懼的黑帝」面前時，他完全不記得我，好像我擊敗他的那一段記憶被抹去了一般，我只好再一次結果了他。

隨着歲月的流逝，我發現不管自己消滅他多少次，他總會在世界的另一個角落重生，將恐懼帶到人間。

終於，我明白了！這一切都是海因里希留在人間的那顆牙

齒搞的鬼，也就是水之牙。

水之牙對於炎龍而言儘管不足夠強大，但卻是海因里希在這個世界的力量代言，那是一種無形的力量，即便是炎龍也絕對無法從這個世界將其消滅。

只要海因里希還活着，水之牙就會在這個世界永遠存在。

同樣，被水之牙選作奴僕的那個人類也將永遠以傀儡的形式生存於這個世界上。只要水之牙沒有選擇其他人作為他的新傀儡，即便傀儡死去，水之牙的力量也會復活他。

被水之牙選中的人超越了生死，卻永遠失去了自由。

我還發現了更驚人的祕密——水之牙一直奴役「恐懼的黑帝」的真正目的，也是唯一的目的，就是不斷地將人類異變成為水蜒。水蜒則可以將藍星的水不斷地轉化成一種特殊的水能量，傳遞給水之牙，當水之牙充滿能量後，就能喚醒處於永恆沉睡狀態的海因里希！

最終我只能將他與水之牙一起封印起來。炎龍將自己的一節肋骨製成有強大封印能力的棺材，而我將由自己的血液繪製成的元素禁制符貼在棺材上，徹底阻隔了它們與這個世界的聯繫。

我能做的就只有這麼多了……我很遺憾，最終還是給後世留下了如此可怕的隱憂。

希望你們能傳承我和炎龍的意志，守護我們所熱愛的藍星。

金箔燃燒殆盡，焰角・羅倫的影像消失了，此刻布布路他們知道，一項偉大的歷史使命已經傳承到他們手中……

遠古巨獸的斷齒迷蹤
MONSTER MASTER 9

新世界冒險奇談
第十六站 STEP.16

奧哈拉結界之謎
MONSTER MASTER 9

繼承者的決心

布布路眼睛晶亮地大聲宣告：「我們一定要繼承焰角・羅倫的意志，打敗海因里希，救出影王村的所有人，避免藍星的浩劫！」

這個由焰角・羅倫親自講述的故事，讓在場所有人的神經都興奮到了極點，之前的沉悶氣氛被一掃而空，眾人的眼中迸射出濃濃的鬥志！

只有四不像從布布路腳下探了探頭，刺溜一下衝向金箔燃

燒後留下的那堆灰塵。

大家一臉納悶，就見四不像居然一口將那堆灰塵一舔而光，還露出了如同吃到珍饈美味般的滿足表情。

「噢！四不像！你又吃甚麼怪東西了？」布布路提起它的兩隻耳朵，就在這一瞬間，隱藏的房間赫然崩塌。

眼前豁然開朗，眾人回到了布布路家裏。

只是這個家的屋頂已經被砸出了一個巨大無比的窟窿，屋子裏的東西也一片狼藉。

布布路一手撐着塌了一半的壁爐，目光掃到了一個熟悉的圖案，坍塌的壁爐內赫然烙印着一個代表焰角‧羅倫的火元素符號，就和貼在海底棺木上的元素禁制符一模一樣！

布布路恍然大悟，原來他小時候每次對着壁爐的火焰發呆的時候，看到的正是這個火元素符號！

「哇噢噢噢噢！真是太厲害了！原來焰角‧羅倫的故居竟然一直都隱藏在我家裏！」後知後覺的布布路此時才真正知道，自己住了十二年的家竟然就是焰角‧羅倫的故居！

然而，最為震驚的人是赫維留斯。

「怎麼會這樣？……」他抱着頭，難以置信地喃喃自語。他完全不記得自己曾和焰角‧羅倫戰鬥過那麼多次，確切地說，是自己居然被殺死那麼多次……他對焰角‧羅倫唯一的一次記憶就是被封印的那段。

餃子同情地看着赫維留斯說：「你可以不必恨焰角‧羅倫了，他只是想把你從恐懼和痛苦的深淵中拯救出來，但是每次

水之牙都會將你復活，再次將你拖入那無盡的噩夢之中！」

原來自己只是一個被水之牙控制的傀儡，甚至連被拯救的資格都沒有……

赫維留斯恍然醒悟，臉上擠出一抹意味深長的苦笑：「這樣也好，馬上就可以解脫了……」

遭到水的排斥，他的身體已經開始僵硬和老化，估計過不了多久，整個人就會變成一截乾癟的枯木。

被吞噬的影王村

大家對於赫維留斯不免生出一絲同情之心，他原本也是個普通人類，因為淪落為水之牙的傀儡，才在漫長的歲月裏催生出這麼多恐懼的罪惡之花，但他何嘗不是那個最初的受害者……

只是，他們更擔心賽琳娜的狀況，連焰角・羅倫都無法將水之牙從赫維留斯的體內分離出來，他們又要怎麼做才能拯救大姐頭呢？

當眾人的目光齊齊投向被管家托勒放在一旁休息的賽琳娜時，皆是一驚。

賽琳娜不知何時睜開了眼睛，眼珠子熒熒泛着藍光，像是在看着他們，又像是沒把任何人放在眼裏。那些藍色銘文一閃一閃，快速遊走過她的周身，齊齊彙聚到她的胸口處，透過衣服也能看到一枚猶如藍色尖牙的圖案在散發着耀眼奪目的光芒。

難道大姐頭又處於被水之牙控制的狀態了嗎？

轟隆隆——

屋外傳來一陣地動山搖的巨大轟響，原本已遭受嚴重破壞的屋子在這陣劇烈的震顫之下，岌岌可危地搖晃起來，眼看就要徹底垮塌……

「大家趕快出去！」餃子急聲大喊。

布布路背起賽琳娜就往外跑，想也沒想大姐頭在水之牙的控制下，將會對他做出甚麼致命的攻擊。

管家托勒扶着雷納德，餃子和帝奇一左一右架起赫維留斯，守墓人爺爺醉眼朦朧地提着酒葫蘆，老海民奴扎克不捨地背起裝着哈奇的背簍，幾個人緊跟在後。

當他們跑出門後，立刻就被周圍的環境變化震懾住了。

天地瞬間被一片昏暗的水滴形液體膜壁完全包裹，人們再也看不到一絲陽光，整個影王村就如同一座孤島被包裹在水膜壁所形成的密閉空間中，黏稠的黑水自密密麻麻的地下裂縫湧動而出。原本無處不在的水蜒全都消失不見了，但若是仔細去看的話，那厚厚的水膜壁中包裹着一個個水蜒，它們全都一動不動地蟄伏在水膜壁中，像是陷入了深度睡眠。

「哇啊啊啊啊！」所有人都驚恐地睜圓了眼睛，這明顯不是藍星任何正常的自然現象。

「終於……結界召喚完成……」

賽琳娜用不屬於她的陰鬱厚重的聲音說完這句話後，整個人彷彿被抽乾了力氣，身上和眼中的璀璨藍光盡失，渾身綿軟

無力地自布布路的背上滑下，神色昏沉地癱倒在地。

「大姐頭，你怎麼了？」布布路焦急地繞着賽琳娜直打轉，還不時回頭看看餃子和帝奇，連連催問他們該如何是好。

「女兒，女兒……你看看爸爸，別嚇爸爸，爸爸不能失去你……」雷納德激動地撲到賽琳娜身邊，心疼地撫摸着她的額頭。

賽琳娜疲倦地眨眨眼表示自己沒事，她的神情看起來恢復了正常。

「我想起來了，我都想起來了……」這時，赫維留斯充滿驚駭和恐懼地喃喃自語道：「奧哈拉結界已經完成，這個世界馬上就要徹底覆滅！一切都將終結……」

奧哈拉？眾人的心中同時升起一股不安的預感，紛紛驚恐地質問起赫維留斯：「這是怎麼回事？」

回歸的條件

赫維留斯抱着頭，用無比恐懼的聲音沙啞地說：「海因里希要回來了……奧哈拉結界打開了……」

接着，赫維留斯開始向眾人講述他腦中復蘇的記憶 ——

「我終於記起來了，現在你們所看到的包裹着影王村的巨大水膜，被稱為奧哈拉。

「奧哈拉在藍星古語中是『繭』的意思。你們知道蟲類蛹期需要囊形的保護物吧，重傷離去的海因里希失去了撕裂空間的

力量，想讓它龐大的身軀能夠回歸藍星，只有創造出一個足夠安全的空間結界。奧哈拉正是我在過去數萬年為海因里希回歸而努力建造的『繭』。

「因為水之牙原本並不屬於這個世界，所以需要借由人類的身體作為介質來連接，被水之牙選中的人就成了連通藍星和怪物星球這兩個世界的介質。過去，水之牙通過我的身體將人類改造為水蜒，再從異化為水蜒的人類身上獲取能量，能量不斷積累，達到飽和時結界就會張開，創造出由水元素分泌出的物質組成的奧哈拉，奧哈拉連通着海因里希沉睡的虛空。」

「這麼說，海因里希一開始留下水之牙，便是為了它有一天能回歸藍星？」眾人驚愕不已，都被這晴天霹靂般的可怕消息震懾住了。

「對不起，我好像做了一件不可挽回的事……」賽琳娜撑着疲憊的身體坐起來，吃力地說。

「可是，為甚麼會是我的女兒？為甚麼水之牙會選擇我的女兒，難道……她是下一個淪為海因里希奴僕的人類嗎？」雷納德憂心忡忡。

「為甚麼？哼！」赫維留斯嗤笑一聲，自嘲般開口說道：「最初我也沒想明白，為何水之牙會捨棄我，選擇這個小姑娘，但當我看到影王村的瞬間異變時，我就明白了。那是因為這姑娘比我具備了更高的水之同步率。」

提到水之同步率，周圍的人全都露出了一臉不解的表情。

赫維留斯繼續說道：「所謂的水之同步率是指人的肉體和

精神與水元素相匹配的程度，對每個人都是不同的。比如你們擁有不同屬性的怪物，這正是和你們自身與其他元素的匹配度息息相關！」

赫維留斯依次打量着布布路幾人和他們身邊的怪物，眼神中隱隱有些羨慕。「但我與你們截然不同的是，你們是怪物的主人，而我在海因里希眼中大概連奴僕都算不上，勉強來說，是它所利用的『工具』之一吧。不過……」他頓了頓，目光停留在賽琳娜身上，「我從未想過，世界上還會有比我的水之同步率更高的人類出現，畢竟我是數萬年前海因里希挑選奴僕時唯一的人類倖存者，也是水之牙唯一選中的人類。而我更沒想到的是，這個代替我的人居然是個沒成年的小姑娘。

「具備更高的水之同步率的人就能更大程度地令水之牙發揮能力，將更多的人快速地異變成水蜓，這些水蜓將使等待已久的水之牙充滿能量。

「現在說這些為時已晚⋯⋯水元素始祖怪海因里希即將穿過包裹着影王村的結界重回藍星，世界必將會在瞬間就毀於一旦！」

赫維留斯的話如同一枚炸彈，頃刻將所有人的自信炸得粉碎。

好半天，餃子吞了吞口水，顫抖着聲音問：「難道沒有辦法阻止海因里希了嗎？」

「在我數萬年的記憶和數次重生中，我所知道的水之牙的唯一弱點，就是它需要時間，不管是異化水蜓，還是復活我⋯⋯對不起，其他的我真的不知道了⋯⋯呵呵，不過，值得慶幸的是⋯⋯我現在終於可以解脫了⋯⋯」赫維留斯慢慢地閉上眼睛，他的聲音愈來愈輕，整個人如同失水枯萎的乾花蔫成一團，沒了呼吸。

「不！」布布路既悲傷又焦急地想要搖醒赫維留斯，可是他的手才扶上赫維留斯的肩頭，赫維留斯整個人就化成了粉末，風一吹，粉末四散，消失得無影無蹤。

「他本來就是靠水之牙的力量才活了那麼久，所以失去水之牙後，他的肉體就恢復至原本應該有的狀態，歸為塵土了……」帝奇輕歎了一口氣。

「一切都是我的錯！」賽琳娜無比自責地垂下了頭，是她無法抵禦水之牙的控制，讓母親以及影王村的村民們都變成了水蜓，更給藍星帶來了滅頂之災。

誰也沒有注意到，管家托勒的面色煞白，似乎陷入了某種微妙的沉思。

怪物大師職業選定指南

Q08

一道結界憑空出現，籠罩住了你所在的村子，你對此會採取甚麼行動？

A. 攻擊結界，一定要打碎它！
B. 想盡辦法要與外界先取得聯絡。
C. 先搞清楚結界的屬性。
D. 不作為，反正有人會去處理的。
E. 先收集可以吃的東西，並寄希望於外界能突然發現村子的異狀，前來救援。

■即時話題■

帝奇：我第一次面對結界是在大哥的訓練中，他把我帶到一個畫了棋盤格子的空地上，他在周圍設置了火的結界，如果我跨過「棋盤」的邊界線，炙熱的火焰會立刻燒起來，形成火網牢籠。
當時我站在「棋盤」內，看着「棋盤」外的大哥，整個人不受控制地劇烈發抖，然而他卻像是要增加我的恐懼一樣，還設置了間隙無規律噴射火焰的陷阱！於是當我的腳尖感受到炙熱的溫度從地下湧起的一瞬間，我就必須立刻跳進另外一個格子內……就這樣，我不停地移動，體力急劇消耗，愈來愈累，也愈來愈麻木，最後我也不知道自己是如何脫離「棋盤」的……

賽琳娜：豆丁小子，你真可憐。（摸帝奇的頭）

餃子：嗚嗚，你的童年太不幸了。（抓帝奇的手）

布布路：帝奇，不要怕，以後有我保護你！（緊緊抱住帝奇）

帝奇：你們幾個給我滾開！又是眼淚又是鼻涕，髒死了！不要蹭在我身上！（臉紅）

完成這個測試後，你可以鑒定自己適合成為甚麼類型的怪物大師。
記下你的選擇，測試結果就在第十部的 204，205 頁，不要錯過哦！

これは成為怪物大師的必經之路！！！

尊敬的讀者：現在你跟隨布布路一起踏上了成為怪物大師的道路！向所有的困難發起挑戰吧！

遠古巨獸的斷齒迷蹤
MONSTER MASTER 9

新世界冒險奇談
第十七站 STEP.17

不自量力的挑戰
MONSTER MASTER 9

生機渺茫，最後的機會

　　就在大家被絕望籠罩的時候，奧哈拉結界悄無聲息地發生着變化──

　　無數藍色的光斑在結界內若隱若現地閃爍着，漸漸地，這些光斑愈來愈多，愈來愈密集，勾勒出一頭巨大的、近乎透明的怪物輪廓……

　　這……這就是……這就是海因里希嗎？

　　所有人的心跳幾乎都要停止了，一個個驚心不已地仰頭看

着眼前有如夢魘一般的場景——

那頭巨大的藍色怪物擁有六個如水蛇一樣圓潤的倒三角腦袋，三對水藍色的透明肉翅，三對有如觸鬚一般柔韌的觸角，十二隻赤紅的眼睛閃爍着令人不寒而慄的光！它是那樣龐大，足以遮天蔽日。

而水蜓們就像受到召喚一般，朝正穿越而來的海因里希身邊集中而去。

當只存在於睡前故事中的啟示錄之獸真實地呈現在眾人眼前時，在場的所有人都清楚地知道，他們絕沒有可能擊潰在開天闢地之時就縱橫天地間的巨獸海因里希，連一絲一毫的希望都沒有……

「冷靜點，我們還有機會！」在大家都焦躁不安的緊要關頭，帝奇努力用平靜的語氣向眾人傳達自己思考後的結果，「海因里希剛剛開始穿越結界，現在到達藍星的只是它極小的一部分力量而已！我們只要破壞結界，應該就有可能阻止海因里希穿越到藍星！」

「沒錯，」餃子面具底下的狐狸眼中燃起灼灼的希望之光，「在失去結界保護的情況下，這麼大型的怪物穿越時空是非常危險的，稍有不慎就會被失控的時空撕扯成無數碎片，永遠無法復原！」

「帝奇，你真是太聰明了！」布布路也豎起了大拇指。

賽琳娜思考着，重重點頭，但大家都錯過了她臉上瞬間閃過的表情，那是義無反顧地下定某種決心的表情！

雷納德望着自己的女兒和她的三個預備生同伴，前所未有地真實感受到：他們是希望！

在令人顫抖的巨大災難面前，這些孩子所表現出的勇氣遠超他們這些自以為是的成年人。過去因不放心進而百般阻撓女兒走上怪物大師之路的想法此刻蕩然無存，取而代之的是驕傲和欣慰，他大聲地鼓勵四人：「我相信你們！無論如何，放手一搏吧！」

「拜託你們了，請一定要救出我的弟弟哈奇！」老海民眼中泛淚。

「臭小子，這點小事你要是搞不定，就是丟爺爺我的臉！」守墓人爺爺的打氣加油一如既往地令布布路很鬱悶，這件事明明就一點都不小啊！

管家托勒從墓地裏撿起一把鐵鍬，那鐵鍬超出想像的重量帶着他的手往下沉了沉，不過托勒還是駕馭住了。他將鐵鍬扛上肩頭，與四個預備生站到一塊兒：「我和你們一起去！」

事不宜遲，海因里希的穿越也不知道何時會完成，他們必須儘快行動！

布布路最後回頭看了一眼爺爺：「老頭子，你就等我的好消息吧！」

他那堅定的眼神，不知不覺讓其他人重新樹立起信心。

爆發的雷電火球

「我們上！」帝奇跨上巴巴里金獅的背，一路衝下山頭，向着距離最近的村頭方向奔去。

布布路以不輸給金獅的速度背着四不像跟在旁邊，其他人或近或遠地追在其後。

幾人在結界的邊緣停住了腳步。

「獅王咆哮彈！」目測結界已在射程之內，帝奇立刻下達命令，金獅威風凜凜地鼓脹着全身柔亮的金色長毛，咆哮着向結界的方向轟去！

然而那結界的水膜壁猶如滑溜溜的巨型果凍一樣，不僅沒有任何損傷，還一下子將獅王咆哮彈彈開，咆哮彈向着布布路而去。

布布路靈巧地閃開，高高躍起，將全身力氣集中在雙手上，舉着金盾棺材向結界砸去，但剛一砸下去，他自己就被水膜壁強大的反彈力給撞飛了！

「不行！不能用蠻力對抗！」餃子大吼，帝奇和布布路的攻擊讓他意識到問題所在，「單純用力量去攻擊結界只會造成反彈，我們必須將與水元素相剋的火元素加入攻擊招數之中。」

「而且結界不知道究竟有多厚，我們必須集中攻擊一處，至少先破出一個缺口！」賽琳娜點頭補充。

「藤條妖妖，要用祕技了哦 ——」餃子掏出一塊火石，點燃了藤條妖妖身上的尖刺，沒錯，他打算使用以前在參加十字基

地預備生招生會時與黑鷥導師對決的一招——「千針火雨」！

藤條妖妖深吸一口氣，身體好像充氣氣球一樣膨脹起來，身上那些密密麻麻的、燃燒着火光的棘刺好似流星雨一般，全部朝着水膜壁大面積地射去！

果然有效！刺沒入膜壁中，留下密密麻麻的針洞……

帝奇立即朝着藤條妖妖剛剛攻擊的方向，命令道：「巴巴里，獅王金剛掌！」

金獅用尖利的爪子重重地刨過影王村富含低級火石的土地，絢爛的火星瞬間四濺而起！隨即它一掌揮向結界，佈滿針洞的水膜壁上多出了數道凌厲的抓痕！

「水精靈，高壓水柱！」

賽琳娜如法炮製，扔出一大把低級火石，並同時讓水精靈噴射出大股的水柱，直擊向結界，燃燒的烈火瞬間蒸氣化了水柱，炙熱的水汽燙得水膜壁表面吱吱作響。

透過白色的霧氣，依稀可見水膜壁大面積地向內凹陷進去！

大家頓時看到一絲希望之光，只要如此輪番攻擊，一定能攻破奧哈拉結界！

但他們還沒來得及開心，下一刻，所有人的心都跌到了谷底！

那巨大的水膜壁像具備了自我修復的功能，蠕動着，伸展着，擴張着……轉眼間，那個好不容易才凹陷的大洞消失了，結界恢復了最初的完整和光滑。

奧哈拉太巨大了，結界鋪天蓋地籠罩着影王村，儘管每個人都毫無保留地使出了絕招，也顯得毫無用處。

賽琳娜抬頭看了看高空中愈來愈明顯的海因里希的巨大身體，焦急地說：「來不及了……我們沒有時間了！」

布布路又急又惱，圍着四不像直繞圈：「四不像，快！快用火球嚙試試看！」

大家此刻的目光全都集中在四不像身上 —— 現在，唯一的希望就是這隻殘存着炎龍之魂力量的醜八怪怪物了！

「布魯！布魯布魯！」四不像發出幾聲高昂的聲音，似乎很滿意受人注目的感覺，它嫌棄地對布布路揮了揮爪子，示意他讓開，一雙銅鈴大的眼睛露出自信的光芒。

「嗷嗷嗷 ——」四不像張大嘴巴，噴射出一個夾雜着紫色雷光的炙熱火球。

轟轟轟！火球像子彈一樣擊向結界，沖天的火光燒紅了一大片的水膜壁，耀眼的紫色雷光震得空氣都顫抖起來，布布路他們被滾燙的氣流逼得不得不後退一段距離。

而四不像深吸一口氣，向左右兩邊再次吐出一連串威力巨大的雷電火球。

哇啊啊，四不像竟然能隨意控制火球嚙了！並且它還將火球嚙和它的十字落雷結合到一起，形成了攻擊力更強的招式。

餃子睰了睰眼睛，隱隱覺得四不像的變化跟剛剛焰角‧羅倫故居裏那堆金箔灰塵有着甚麼奇妙的聯繫……

此時，濃煙逐漸散去，就見四周的水膜結界變得像雞蛋殼

一樣又硬又脆，而大家的眼前赫然出現了一條巨大的裂縫，裂縫向兩邊延伸而去，所到之處全都變得焦黑一片！

四不像得意揚揚地甩了甩芭蕉葉般的耳朵，轉頭衝着布布路他們投來「我就是這麼厲害」的囂張眼神。

「四不像，幹得好！」布布路激動得手舞足蹈，他的心因興奮而加速跳動起來，「快繼續噴火球吐雷電，徹底破壞奧哈拉吧！」

帝奇突然擋在了四不像前面，大喝一聲：「住手！不能攻擊！你們看，結界在加快吸收這些水蜓的力量來完成修復！」他急切地指向大家的頭頂上方。

被包裹在水膜壁中間的水蜓在失去意識的情況下，全部都痛苦地扭動着身體，同時因為體內水元素的急劇流失而快速萎縮⋯⋯

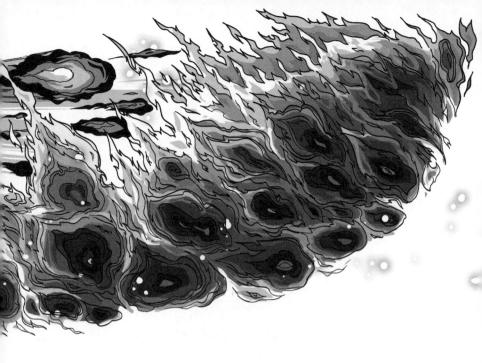

「嗚嗚⋯⋯」奴扎克掩面痛哭起來,「哪怕是變成水蜓,弟弟他至少仍活着⋯⋯可現在他會不會被結界吸乾力量後就死了⋯⋯」

雷納德想到妻子也身在其中,更是雙眼泛白,昏倒過去。

糟糕!絕不能再破壞結界了,因為這些變成水蜓的人都會被吸乾力量後死掉!最終犧牲的只會是他們的親人和朋友⋯⋯

眼見水膜壁的裂縫愈縮愈小,即將再度修復完整,布布路他們陷入了不知所措的狀態。

遠古巨獸的斷齒迷蹤
MONSTER MASTER 9

新世界冒險奇談
第十八站 STEP.18

生與死的夾縫
MONSTER MASTER 9

救贖與犧牲

　　幾人的力量對於龐大的奧哈拉來說簡直微不足道，透過結界穿越過來的水元素始祖怪海因里希的輪廓愈來愈清晰……

　　「我有辦法！」賽琳娜的臉上浮現出毅然決然的表情，這一次其他人都清楚地看到了。

　　「我能感覺到體內的水之牙一直在隨着奧哈拉結界有韻律地波動，赫維留斯曾說過水之牙原本是不屬於這個世界的東西，所以需要借由水之同步率高的人類身體作為介質來連通藍

星和怪物星球這兩個世界。既然我們無法破壞奧哈拉結界,那麼就毀掉介質。介質被毀,整個結界便會坍塌,海因里希將在穿越過程中被巨大的空間撕裂!它一死,水之牙也會隨之灰飛煙滅,無法再將介質復活,一切將到此為止……」

「我想,這就是赫維留斯最後所說的海因里希的唯一弱點,它需要時間,我們在這個時間內消滅它,這個可怕的循環便會結束。」說到這兒賽琳娜最後看了一眼昏迷的父親,她堅毅的雙目中,分明還閃着淚光,「對不起!既然水之牙選擇了我,我就要對整個事件擔負起責任!」

說罷,賽琳娜猛地從腰間掏出一把匕首,向胸口刺去。

「大姐頭!」布布路三人失聲大叫。

眼看鋒利的刀尖就要刺入賽琳娜的胸口,突然一隻手橫插進來,一把握住了刀尖。賽琳娜吃驚地抬起頭,眼中清楚地映出管家托勒擔憂的臉。

「大小姐,想想您的父親,再想想您的母親,千萬別做傻事啊!」托勒不顧自己受傷的雙手,反而將刀尖握得更緊,試圖從賽琳娜手中將匕首奪下!

「管家爺爺,你……」賽琳娜不禁顫抖着鬆開雙手,掩面哭泣道:「我正是因為想要救我的媽媽,想要救村子裏的人,想要阻止海因里希重回藍星、造成生靈塗炭的毀滅性災難才打算這麼做的!其實早在我恢復意識時,我就該這麼做了!一切都是我的錯,是我造成了現在的局面……只要犧牲我一個人就能拯救所有的人……」

「不!」沒等賽琳娜說完,托勒就語氣低沉地打斷道:「該這麼做的人是老夫!」

說話間,他手上長出了閃亮的銀色魚鱗,整條手臂也隨之變化,彷彿是液化的魚鰭!

「啊,這是怎麼回事兒?」布布路驚訝地叫出來。

緊接着,托勒那條覆滿液態魚鱗的怪異手臂猛地穿透了賽琳娜的身體!

不會吧?托勒難道要傷害大姐頭嗎?布布路三人立刻衝向賽琳娜和托勒。

與此同時,醒過來的雷納德正好目睹了這令人心跳幾乎停止的一幕,他聲嘶力竭地大喊道:「托勒,你在做甚麼?」

「不用擔心,她不會有事,老夫只是要將水之牙從她體內

分離出來而已!」托勒沉聲說。

　　突然他像是感應到了甚麼,表情痛苦扭曲,全身發癲般劇烈抽搐起來。

　　與此同時,原本集聚在賽琳娜胸口處的藍光漸漸暗淡,渾身的藍色銘文開始急劇消退……等到托勒液化的手臂從賽琳娜的身體抽出時,賽琳娜全身的藍色銘文全都不見了!

　　布布路他們急忙扶起賽琳娜,她雖然面色虛弱,身上卻毫無損傷。

　　一羣人退到一邊,不知所措地看着跪倒在地上的托勒,水之牙藍色的光芒從他的身體內向外急促迸射着。他渾身上下隆

起密密麻麻的水泡，如瀕死的野獸般嘶吼道：「老夫要吸收這股力量，必須吸收掉！可惡……啊啊啊！」

眼前恐怖而噁心的一幕，讓所有人都不忍直視。

「我想起來了！」看着咆哮的托勒，奴扎克突然開口，「我記得他！他……他曾經是哈奇的同伴！」

甚麼？托勒是哈奇的同伴？

奴扎克的話讓布布路他們陷入更大的困惑之中……

故事的另一角

片刻之後，托勒的咆哮聲漸漸安靜下來，身上的水泡咕嘟咕嘟地冒着，他勉強地抬起頭，滿頭冷汗地望着眾人，目光沉沉地說：「對不起，隱瞞了各位，老夫曾經是個怪物大師，並且是奴扎克的弟弟——哈奇・德洱曼的同伴！直到今天我才知道，或許這場災難就是由我和我的同伴造成的……」

接下來，托勒說起了十五年前的鹽水帶裏所發生的令人難以想像的事件——

托勒還是個怪物大師預備生的時候，就認識了哈奇・德洱曼，兩人有着共同的夢想，很快他們就成了無話不談的好朋友。

十五年前，怪物大師協會中流傳出一條機密資訊：大洋深處的鹽水帶裏，藏着水元素始祖怪海因里希留下來的一顆牙齒——水之牙，只要擁有水之牙的力量，就能夠成為像十

影王一樣了不起的怪物大師！

要知道，成為像十影王那樣的怪物大師可是所有怪物大師的夢想，在如此巨大的誘惑面前，托勒、哈奇以及同屆的幾名怪物大師一同前往鹽水帶尋寶。

跟布布路他們一樣，這群年輕的怪物大師在奴扎克的帶領下成功穿越了第四迷宮海域，在鹽水帶的深處發現了海底棺木，同樣在水下也遭遇到沉船以及黑火的襲擊。

黑火吞噬了哈奇的怪物——土元素系的花芽獸，但花芽獸在生命的最後關頭釋放出大量的沙土，不單單壓制住了黑火，也對貼在海底棺木上的焰角·羅倫的元素禁制符造成了一定程度的破壞。

回想起來，水之牙一定是趁着元素禁制符散失力量的一瞬間發動了觸鬚攻擊。

托勒清楚地記得，當他們靠近罩住海底棺木的鐵籠邊時，幾根藍黑色的觸鬚從鐵籠縫隙裏伸出，刺入他們體內！怪物大師和怪物們的慘叫聲不絕於耳。托勒感覺到身體一麻，便失去了意識，等他回過神之後，他已經被哈奇拖回到大船的甲板上。此時他發現少了好些同伴，整艘船上只剩下為數極少的幾個人了。

只見好幾隻穿着他們同伴衣服的水蜒，繞着大船發起攻擊，似乎想把船拖入海中。

難道……同伴們都變成了水蜒？托勒難以置信地看向哈奇，哈奇只是沉重地點了點頭。托勒注意到，哈奇的雙腿也

開始透明化……

　　哈奇和托勒駕駛着唯一一艘救生小船，帶着幾個同伴，逃也似的離開了鹽水帶。他們剛剛離開，本就破損嚴重的大船就完全被拖入海中。

　　因為逃跑時慌不擇路，他們很快迷路了……但更可怕的是，接下來，每天都有同伴異變成水蜓，托勒不得不將異變的同伴丟下船去，直到最後將哈奇也推入大海……最終，只剩托勒一個人孤零零地躺在小船上。他不知道過了多久，周圍只見白茫茫的一片鹽殼。他又餓又渴，渾身沒有絲毫力氣，只能孤零零地等待着死神的降臨。就在這時，小船劇烈地顛簸起來，原來他在不知不覺間進入了第四迷宮海域。

　　洶湧的漩渦流瞬間就將小船捲得支離破碎，窒息的痛苦主宰着托勒的知覺，一瞬間只有一個念頭佔據了他的腦海 —— 他不想死！

　　一個聲音呼喚着托勒的名字……托勒醒了，原來那聲音來自托勒的怪物諾登斯。它感受到了主人強烈的不甘和對生存的渴望，因此它犧牲了自己，或者説它將自己全部的力量分離成人體容易吸收的細小元素，融入托勒體內，並用最後的力氣將托勒送出第四迷宮……

　　漂浮在海上的托勒被路過的大船救起，那艘大船的船主正是年輕的雷納德。雷納德帶着奄奄一息的托勒回到影王村，經過一段時間的療養，托勒恢復健康，但是他再也不能當怪物大師了，因為他失去了怪物，或者説，他吸收了自己的

怪物。而他的身體也發生了一些顯著變化：他能在水中變成半人半魚的模樣，還可以使用超能系怪物諾登斯的能力，即分離和吸收物質的能力。只不過，他覺得如果讓別人知道自己和怪物合為一體，他一定會被當成異類，無法正常生活下去，因此他從未告訴過任何人。同時，他逃避了自己的責任，背叛了朋友，他再也沒有回鹽水帶救哈奇他們，也許在潛意識裏，他早認為他們活不了了。

就這樣，十五年來，他一直在雷納德家做管家，過着安逸的生活，苟且偷生了這麼久。

在鹽水帶，從看見哈奇脖子上掛的骨雕的那一刻起，托勒就認出了他，托勒知道，自己贖罪的時間到了……

說完這些話，托勒猛地從地上撿起那把匕首，布布路他們根本來不及出手阻止，托勒已將刀尖轉向了自己！

「對不起，因為之前水之牙的一部分仍在赫維留斯身上，無法進行分離，所以我沒能更早救下大小姐。」托勒對雷納德說，隨後，他臉色蒼白地躺倒在地上，但嘴角卻露出了一抹釋懷的笑容，「我一直沒有勇氣面對當年自己的懦弱，十五年來我都活在痛苦之中，今天我終於能面對自己了……」說完，托勒的氣息愈來愈微弱，胸部的起伏漸漸平息下來。

無法企及的力量

「管家爺爺!」賽琳娜的淚水洶湧而出。

而此時包圍着影王村的結界彷彿受到了劇烈的衝擊,變得極其不穩定,開始劇烈地收縮,每一次收縮,水膜壁都會出現大面積的坍塌。

不消片刻,整個影王村如同置身於一個巨型瀑布之下!

撲通、撲通、撲通⋯⋯原本被包裹在水膜壁中的水蜓也紛紛落回地上,彈動着身體,爬入有水的地方蜷縮着。

原來摧毀結界竟是如此簡單,又如此沉重的一件事!

眾人一擁而上，圍繞在管家托勒身邊哭得稀里嘩啦，雷納德更是緊握托勒的手，老淚縱橫。

　　就在大家都沉浸於悲傷之中的時候，帝奇卻敏感地察覺到高空中的異常。照理來說，隨着奧哈拉結界的崩潰，海因里希穿越回藍星的舉動也應該失敗了。然而，它那半透明的藍色輪廓並沒有消失，反而翕動着六隻巨大的翅膀，向着他們飛來！

　　轟隆隆 ——

帝奇甚至還沒喊出話來提醒大家，強大的氣流就排山倒海地襲來，整個影王村劇烈搖晃着，地面裂開，地下水氾濫咆哮，村子拔地而起！

凌空之下，眾人清楚地感受到海因里希不可匹敵的巨大力量。在它面前，人類堪比螞蟻，而這個在藍星存在了千萬年的小村落則如同一個小石塊，輕易地脫離了琉方大陸的懷抱，又重重地砸落回原處，整個村子一片狼藉。

眾人全都狼狽地趴伏在地上，只覺得五臟六腑錯位般的難受至極。在元素始祖級怪物所散發出的強大存在感和懾人的氣勢下，大家的勇氣都被沖得無影無蹤，連一向勇敢又一根筋的布布路也不禁臉色發白。

為甚麼會這樣？管家爺爺白白犧牲了，海因里希終究還是回到藍星了嗎？它只是翕動翅膀、甩動尾巴就能發生如此翻天覆地的變化嗎？

眾人的心好像跌入絕望的黑暗深淵，好不容易站起身，就見原本平躺在地、瀕臨死亡的托勒渾身被藍色銘文覆蓋，胸前的傷口，轉眼癒合。

托勒慢慢地睜開眼，面色灰白地說：「原來結界一旦打開，一切的犧牲都是徒勞無功，海因里希的一部分力量已經來到藍星……如果不打敗這部分力量，它一定會再度建立奧哈拉結界，到時會有更多的人類被迫變化成水蜒，成為提供結界能源的一部分！」

怪物大師職業選定指南

Q09

你和同伴們乘坐的大船在茫茫大海上漂泊了好幾天，食物和淡水已經枯竭，大船也破爛不堪到隨時可能沉沒，而救生小船只有一條，並且只能坐一個人，你會怎麼做？

A. 將你們中最虛弱的人推上救生小船。

B. 將最有希望獲救的同伴推上救生小船。

C. 毛遂自薦，登上救生小船先行一步去求救。

D. 放棄一切希望，等死。

E. 無厘頭地提議，讓大家猜拳決定誰登上救生小船。

■即時話題■

賽琳娜：從小到大你們有被餓過的經歷嗎？

布布路：我先說，我五歲的時候曾經被餓過一天，那時爺爺醉得不省人事，從此以後我就學會了自己做飯。

餃子：餓肚子這種事對於我這個如風一樣漂泊的美少年來說，實在是太普通不過了，所以每次碰上人家因喜事開流水宴的時候，我都會盡一切可能多拿食物，那可是免費的……嘿嘿。

帝奇：最高紀錄三天沒吃。

賽琳娜：突然覺得你們都弱爆了！我當年減肥的時候，一個星期早餐只喝水，午餐只喝水，晚餐只喝水。

三個男生瞬間無語。

四不像：布魯、布魯布魯！（翻譯：愚蠢的人類，吃飯的時間到了，本大爺可是一頓都不能餓！）

完成這個測試後，你可以鑒定自己適合成為甚麼類型的怪物大師。

記下你的選擇，測試結果就在第十部的 204，205 頁，不要錯過哦！

這是成為怪物大師的必經之路！！！

MONSTER MASTER
LOVE DREAMS

尊敬的讀者：現在你跟隨布布路一起踏上了成為怪物大師的道路！向所有的困難發起挑戰吧！

遠古巨獸的斷齒迷蹤
MONSTER MASTER 9

新世界冒險奇談
第十九站 STEP.19

新奇的認知
MONSTER MASTER 9

激鬥，決死之戰

「海因里希目前呈現半透明的狀態，是因為它只有一部分的力量來到藍星……當它的全部力量來到藍星後，它將化為實體，到時候再無任何生命體能阻止它！」托勒急迫的聲音讓所有人從頭昏腦脹的混沌中警醒過來。

他們沒有時間恐懼和逃命，除了戰鬥，他們別無選擇！他們知道，這一戰不管成功還是失敗，都將被歷史銘記。

「嘿嘿！我們就大幹一場吧！」布布路眼中再無懼意，他精

神奕奕地對同伴們說:「身為怪物大師預備生,我們原本不就隨時做好了這樣的準備嗎?」

是的,不管能不能做到,必須做的事只有去做才不會後悔。四個預備生對視一眼,在彼此的眼中讀到了拚死一戰的決絕之意。

「臭小子,不愧是我的孫子,真像個英雄!」守墓人爺爺搖着酒葫蘆,向布布路他們高聲吶喊。

「爸爸,一直以來我都不是個乖乖聽話的好女兒,所以這一次我希望您能以我為榮!」賽琳娜對着雷納德露出了勇敢的笑容。

雷納德咬緊牙關,才忍住阻止女兒光榮赴死的衝動,他知道賽琳娜的笑容裏包容了太多的情緒,其中那分永不言悔、追逐正義的堅韌令他深深感動又無比驕傲。雷納德重重地點了點頭。

老海民雙手合十,口中喃喃有詞,在祈禱着孩子們的勝利,以及藍星光明的未來。

布布路四人帶着各自的怪物向前奔去,托勒緊隨其後,大家默契地向海因里希發起聯合攻勢 ——

剛剛升級的水精靈釋放出大量密集的水炮,在賽琳娜火石的加持下,水炮冒出沸騰的炙熱蒸汽,一股腦兒地砸向海因里希最右邊的那個腦袋。

巴巴里金獅噴射出的獅王咆哮彈,推進了帝奇丟出的大把

暗器，無數寒光像拖着尾巴的流星一樣，凌空高速飛過，直射向海因里希的另一個腦袋。

餃子帶着藤條妖妖靈活地穿梭於碎石和洪流之中，接近海因里希後，藤條妖妖一下子拋出伸長到極致的數根藤條，緊緊地纏住了海因里希六個腦袋中的一個，餃子一躍而起，借力於那些藤條，幾個起落跳上海因里希的那個腦袋，使出古武術一通猛敲狠打。

托勒舞動着液化的手臂，分離着空氣中的氣元素，將它們變化成一把把鋒利的空氣之刃，直擊向海因里希的翅膀。

布布路帶着四不

像，以電光石火的速度高速移動，落到海因里希的背後！

「嗷 ──」四不像大大地張開口發出一聲遠超於它小小身體的高昂吼聲，對準海因里希中間那顆最為巨大的腦袋，全力噴射出一連串含有炎龍之魂力量的雷電火球。

「嗷嗚……」海因里希發出一聲痛楚的號叫，整個腦袋被燃燒的烈火籠罩！

　　下一刻，被烈焰包圍的海因里希憤怒地抖動起龐大的身軀，周圍全部的水元素脫離大自然的引力，開始大量向它聚攏！

　　奔騰的水元素轉眼將烈火撲滅，海因里希翕動的翅膀掀起的氣浪也將所有人凌空彈飛，眾人轟然倒地，渾身斷骨般劇痛無比。

　　海因里希目空一切的目光掃過來，它似乎並不急於給布布路他們致命的一擊，反而轉動着十二隻鮮紅的眼珠子，詭異地將他們的一舉一動盡收眼底。

　　布布路他們掙扎着從地上站起來，親身經歷了與海因里希的短暫交鋒後，每個人心裏都異常清楚，即便是不完整的水元素始祖怪，它依然是不可戰勝的至尊存在。

　　但沒有人放棄，也沒有人退縮，他們的目標堅定而一致——

　　要用這微不足道的力量守護影王村、守護藍星到生命的最後一刻！

　　大家開始邁出腳步，毫不猶豫地再次衝向海因里希，這將是他們燃盡生命之火的一擊！也是怪物大師在走投無路時，以自己的性命作為代價，將所有的精神力量傳遞給自己的怪物的一擊，伴隨着這一擊，他們將只剩下一具空洞的軀殼。

　　即使是死亡的結局，他們也不害怕！每個人都集中心力，全心全意地與自己的怪物心靈相通，從每一次呼吸到每一個動作，怪物們都接收到來自主人強大的精神力量。

水精靈掀起滔天巨浪，奔湧的急流如逆流的瀑布沖天而起，與另一股由托勒捲起的氣流一起直擊海因里希。

藤條妖妖舞動着所有的藤條，渾身噴薄出無以計數的棘刺。

巴巴里金獅使用特殊進化技能將身體擴張了三倍，緊緊擠壓着自己的肺部，泣血般發射出前所未有的威力強大的獅王咆哮彈。

四不像鼓脹起腹部，將炎龍之魂所有殘存的力量都匯集到這裏，在四不像張開大口的一刻，足以毀天滅地般的雷火轟轟作響劃破天際，直劈海因里希。

怪物們，打倒海因里希吧！哪怕與它同歸於盡，他們都不後悔⋯⋯這是布布路他們心中最後的念頭，但他們無法見證這歷史性的一刻了，當所有精神力量耗盡，他們全都眼前一黑，栽倒在地。

遠古住民的疑惑

一切都結束了嗎？

失去意識彷彿只是一剎那間，布布路他們再睜開眼時，就見天地被爆裂的紫紅色雷火所籠罩，在這絢爛的雷火之中，海因里希高昂着六個腦袋，輕蔑地轉動十二隻紅色的眼睛，三對翅膀重重拍打着，它的周圍有一道厚實的水之結界，雷火只能在結界之外舔舐。

他們果然還是無法戰勝自開天闢地起，就縱橫藍星的啟示錄之獸……

「咦，我們的身上怎麼也包着一層水膜？」就在這時，布布路突然注意到一件奇怪的事。

一股無形的力量彷彿透過這層水膜一點點回歸到身體內，當雷火消失之後，水膜也應聲破裂，布布路他們感覺到渾身重新盈滿了力量。

「愚蠢的人類啊，別再白費力氣了，你們是無法戰勝我的！」厚重的聲音從海因里希的口中發出，回盪在影王村的上空，所有人都在這如同魔咒般的聲音下發出難以克制的戰慄。

「你們難道沒有發現，若不是我剛剛用水膜包裹住你們，及時切斷了你們與怪物之間的精神力傳輸，此時你們早已失去了生命！」

海因里希的六個腦袋一同開口，此起彼伏的沉重聲音灌入眾人的耳膜，震得他們的腦袋嗡嗡作響。但更為令他們

震驚的是，海因里希居然救了他們的性命。

「為甚麼？為甚麼要救我們？」餃子疑惑地問。

「為甚麼？」海因里希似乎被這個問題難住了，六個腦袋齊

齊沉默了一會兒才說：「或許是我想不明白吧，像你們人類這般

弱小的生命為甚麼會連性命都不要，而選擇與我這樣強大的存在一直戰鬥下去？我也不明白為甚麼當初炎龍不殺我，而是費盡心力地將我封印起來？即便花去數萬年的時光，我依然無法明白它的用意，為甚麼它會這麼在乎你們這羣叫作人類的生物？明明最初我和它都是一樣……適者生存、消滅競爭對手才是我們的世界的生存之道！」

海因里希竟然會有這樣的疑問，這是布布路他們始料未及的。而他們的答案也許將能改變這個世界的命運……

「就因為我們不像你一樣強大，我們的生命脆弱且短暫，只有一個人的時候，我們會孤獨、恐懼，會失去活下去的勇氣。所以我們需要團結在一起，為了彼此，為了其他人而努力！」賽琳娜感性地說出了心裏話。

餃子點頭同意賽琳娜的說法：「有關心和注視着自己的人，就足以值得付出生命去努力了，除此之外還需要甚麼理由嗎？」

「只有認識到自己的軟弱和無能，才能克服這些弱點，一步步走向令自己強大的道路。」帝奇搬出了賞金王家族的家教理論。

托勒看了看四周縮在水中瑟瑟發抖的水蜓，說道：「經過十五年，我終於明白了，影響我們做出決斷的不是力量，而是你所擁有的意志力。」

「我爺爺說過，我們人類具備了一種犧牲精神，這是為了自己的信念、夢想、正義所交付給世界的答卷！」布布路的雙眼閃閃發亮，慷慨激昂地說。

　　海因里希震驚了，也許整個宇宙中只有人類才具有這種為其他生命體付出自己生命的異常舉動，炎龍就是因此對人類產生了莫大的興趣嗎？

　　海因里希居然首次感到了強烈的震撼，甚至產生了一絲恐懼，而這些感受居然來自於人類這種渺小的生命？

　　作為水元素的始祖怪，它生來就是如此的強大，從來就不會有任何事物能讓它感到震撼。當初它敗給炎龍的時候，心中也沒有絲毫恐懼，它只是平靜面對即將到來的死亡，而炎龍做出放棄殺死它的決定的那一刻，它感到的也只有疑惑，沒有震撼。

　　海因里希被這種自己無法理解的精神所吸引，於是它做出了決定：「我會保留這個世界。因為我想好好地觀察一下這個世界，我也想看看到底你們這些人類能給我帶來多少新奇的認知。」

新世界冒險奇談

第二十站 STEP.20

最終的回歸之地
MONSTER MASTER 9

藍色治癒之雨

　　海因里希居然做出了和當時炎龍極其相似的決定，它也要繼續觀察這個世界……

　　藍星終於逃過毀滅一劫了！眾人全都長長鬆了一口氣。

　　「我會將水之牙繼續留在這個世界上，雖然它已經召喚過奧哈拉，現在只剩下一點點的殘存力量，但它會成為我在這個世界的眼睛，而你就繼續接納它，成為可以令它依附的人類吧！」海因里希說着，輕輕一揮自己的爪子，一道藍光迅速脫

離托勒的身體，重新鑽入賽琳娜的體內。

「大姐頭！」布布路他們急忙扶住賽琳娜，心驚膽戰地看着大姐頭，生怕她又有甚麼可怕的變化。

但這一次，賽琳娜並沒有感到任何不適，反而有股力量在體內潛滋暗長，令她一下子恢復了最佳的精神力。

「她不會有事的，我不會再控制她，讓我看看你們人類本身的意志力吧！」海因里希沉聲道。

布布路指着一隻蜷縮在影王村水源中的水蜓，大聲對海因里希說：「請你把它們恢復正常吧！」

海因里希慢慢地掃了一眼，它頭上的六根觸角則發出一陣陣有節奏的抖動，很快，影王村的上空漸漸聚集出一塊塊藍色的蓄水雲團，這些雲團一直擴散，遍佈了整個藍星。

嘩啦啦——片刻之後，藍色的雨水傾盆而下，布布路他們驚奇地發現，水蜓們一觸碰到雨水，身上黏稠的軟體表皮便紛紛脫落剝離，一個個恢復成人類的模樣。

「哈奇！」奴扎克激動地撲上去，抱着久違的人類形態的弟弟大哭起來。

托勒則緊緊地拉着哈奇的手，激動地說出在他心中積壓十幾年的歉意：「對不起，哈奇，當年逃離第四迷宮海域後，沒有帶着幫手回來救你們，對不起，對不起……」

「不不不，我不怪你，那就猶如一場噩夢，你只是想從噩夢中逃脫！」哈奇也淚流滿面。

雷納德和賽琳娜也找到躺在雨幕中的媽媽，孩子們紛紛

奔向自己的父母，整座影王村中回盪着劫後餘生的喜悅和親人團聚的感動。

在藍色甘露的沐浴中，海因里希半透明的身影逐漸消失……奧哈拉結界隨之收縮不見了……

影王村的重建

當結界徹底消失在天空之中，久違的陽光重新普照着傷痕累累的影王村。

托勒開始和奴扎克商量派船到鹽水帶去救助那些恢復人形的水蜓；雷納德大聲安撫着驚魂未定的村民們，並鼓舞大家振作起來；孩子們則將布布路一行勇敢的行為講述給大人聽，所有村民都向布布路他們投以半信半疑的目光。

作為眾人目光的焦點，布布路則根本無暇感受自己由「災星之子」變成「拯救村莊的大英雄」的重大時刻，他和三個同伴此時的注意力全都集中到半空中——海因里希只是因困惑

和好奇暫時放過人類和藍星，它何時會捲土重來呢？

　　「在那之前我們一定要變得更強！」布布路笑嘻嘻地說。

　　「嗯。」賽琳娜、餃子和帝奇也露出了笑容，是的，只要變得更強就好了，為了所愛的人，為了想守護的人，他們一定會變得更強！

　　布布路四人的拳頭不禁都緊緊握起，在通往「正義」和「強

大」的怪物大師的征途上，一定還有更驚險的冒險和戰鬥等着他們！

幾天後，在布布路他們的幫助下，影王村的重建工作如火如荼地進行着，從十三姬那兒借來的前往鹽水帶展開援救任務的豪華船隊也即將出航，船隊將由奴扎克和哈奇這對海民兄弟擔當嚮導，由托勒負責護航。

而在完成救援任務後，哈奇將隨哥哥奴扎克一起回歸大海，做一名與世無爭的海民，安度晚年；托勒則會回到影王村，繼續在賽琳娜家做管家；他們昔日的怪物大師同伴們，將在琉方大陸重新追尋夢想。

經歷過之前的一切，村民們對布布路的態度轉變了……餃子他們相信，假以時日，村民們一定會完全接納並喜歡上布布路的。

尾聲

海因里希的出現和消失並沒有在藍星上引起大面積的騷動，布布路他們返回基地後，向尼科爾院長作出詳細的彙報，尼科爾院長無比震驚，身為不死老者的他也從沒有見過元素始祖級別的怪物！當然也許在有生之年見不到，未嘗不是一件壞事，因為一旦遇上這種級別的怪物，絕對預示着整個世界面臨着一場空前的翻天覆地的巨大變故！

尼科爾院長毫無保留地肯定了四人的勇氣，但由於這個事件太過於駭人聽聞，並不能對外宣佈，所以只能給予十字基地最高級別的口頭表揚，而且不能留存任何文字檔案。並且在十字基地的師生面前尼科爾院長還得對他們四人無故翹課的行為提出口頭批評。

在「批評大會」上，尼科爾院長親自發言，發言稿非常和善。而布布路四人站在台上，聽着尼科爾院長的「訓斥」，還不時地偷笑出聲，引得全校師生都用難以置信的表情看向講台，這絕對是所有師生入校以來參加的最不可思議的「批評大會」了！

幾天之後，一個陽光明媚的早晨，餃子故作討好地湊到大姐頭身旁，獻媚地問道：「大姐頭，你們家的破產危機……怎麼樣了？你老爸，也就是雷納德伯父他近況如何？」

「多謝你的關心。」賽琳娜笑呵呵地回答：「一切問題都解決了！」

在餃子三人好奇的注視下，賽琳娜從抽屜裏拿出一封信，那是她不久前才收到的來自影王村的家書——

親愛的女兒：

當你看到這封信的時候，托勒已經從鹽水帶順利返回了，哈奇和奴扎克一起回歸大海，所有被變異成水蜒的人類全都得救了，他們都讓我向你和布布路、餃子、帝奇以及你們了不起的怪物問好！

　　另外，還有一個天大的喜訊要告訴你，托勒這次去鹽水帶的路上，順便為那口由炎龍肋骨製成的稀有棺木找到買主，毫不誇張地說，買主的出價足以讓我們家暴富的程度超過從前十倍！

　　親愛的女兒，這一次你和你的同伴為影王村和我們菲爾卡家族所做的一切，讓我和你的媽媽深深地為你感到驕傲。希望你今後在十字基地好好學習本領，快快成為一名真正的怪物大師。

　　加油！

永遠支持你的爸爸雷納德

【第九部完】

怪物大師職業選定指南

Q₁₀ 你面前的敵人前所未有的無比強大，你也深知即便和同伴們一起豁出性命也無法戰勝他，你將會如何選擇自己的命運？

A. 與同伴一起，毫不畏懼地燃燒生命戰鬥到最後一刻。

B. 掩護同伴離開，獨自面對敵人。

C. 想盡一切辦法拖延時間，等待或許可能會來的救援。

D. 直接投降。

E. 與對手談判，相信以理服人。

■即時話題■

尼科爾院長：你們說說看，戰鬥對人類的意義是甚麼？

布布路：為了正義！

餃子：為了生存！

賽琳娜：為了和平！

帝奇：為了實現自我！

尼科爾院長：咳咳，你們說的都沒錯，但同樣的，你們試想如果連人類之間都沒有戰鬥，世界會不會發展得更好呢？所以我想請你們記住一點，若是將來身為一個怪物大師，你們戰鬥的最終理由應該是結束戰鬥！

完成這個測試後，你可以鑒定自己適合成為甚麼類型的怪物大師。

記下你的選擇，測試結果就在第十部的 204，205 頁，不要錯過哦！

MONSTER MASTER ＋LOVE！DREAMS＋

這是成為怪物大師的必經之路！！！

尊敬的讀者：現在你跟隨布布路一起踏上了成為怪物大師的道路！向所有的困難發起挑戰吧！

冰封着難以想像的神祕力量！

藍星開天闢地之初的祕寶，

『時間的墓塚』！

海中央的巍峨冰山
難以泅渡的新挑戰！

第十部
《冰封的時之輪》
　　時之輪是藍星上最珍貴、最神祕莫測的祕寶之一。
　　神祕少女的到來，讓布布路他們獲悉了時之輪與真理守護者一族之間的宿命關係。
　　一道赤色人影潛入摩爾本十字基地，奪走了開啟時之輪的唯一鑰匙！
　　為了深受重傷的院長，為了失憶的新同伴，布布路他們不畏艱險，立志要找到傳說中埋藏時之輪的地點！

絕境之中的絕境！
時之輪內，
密密麻麻的鎖鏈鋪天蓋地襲來！

謎團
MYSTERY

BUBURO.BURO.LIVAGE

布布路・布諾・里維奇

宿命 DESTINY

開啟時之輪，是對是錯？
是詛咒還是解脫？

下部預告

摩爾本十字基地出現大危機了！

謎之少女的挑釁滋事，德高望重的尼科爾院長被襲……

帶着疑惑和不解，布布路他們憑着絕大的勇氣踏入傳說中時間的墓塚。冰封的世界裏，難以想像的嚴苛考驗正等待着他們……

同伴間的羈絆、與怪物間的心靈之約全被時間遺忘，神祕的力量隱隱傳來鼓動。

滴答、滴答，命運的時鐘已經上緊了發條！

時之輪重見天日。傳說中最年輕最博學的十影王重臨人間。

大戰一觸即發！最後的勝利者是……

「怪物對戰牌」場景版使用說明書
Monster Warcraft

基本資訊：單冊附贈 8 張卡牌。為 1—8 部怪物對戰牌卡集的擴充包。

遊戲人數：4 人　　　**遊戲時間**：5 — 20 分鐘

——「怪物對戰牌」擺放規則 ——

【基礎牌組列表】

1. 人物牌：8 張
2. 怪物牌：8 張
3. 特殊物件牌：4 張
4. 場景牌：12 張

附件：單冊附贈 8 張卡牌。

【遊戲目的】

遊戲開始前，玩家需確定自己的身份，一隊為挑戰方，一隊為迎戰方，雙方對戰人員的數量必須相等。

當以下任意一種情況發生，遊戲立即結束：

所有挑戰方死亡，則迎戰方獲勝；

所有迎戰方死亡，則挑戰方獲勝。

【遊戲規則】

1. 將人物牌洗亂，玩家抽取 1 張人物牌，確定自己的人物血量值。（人物牌的組合技能在 4 人對戰時適用）

2. 將怪物牌洗亂，玩家抽取 1 張怪物牌，確定自己所擁有的怪物。

將怪物牌置於人物牌的上面，露出當前的血量值。（扣減血量時，將怪物牌右移擋住被扣減的血量值）

3. 將基本牌、元素晶石牌、特殊物件牌等洗混，作為牌堆放在桌上，

玩家各摸 4 張牌作為起始手牌。將場景牌洗混，作為另一個牌堆放到桌上。

4. 遊戲進行，第一輪的場景固定為【龍蚯站點】，同時玩家都翻開最上面的一張場景牌，確定下一輪的場景，每輪都必須提前確認下一輪的場景。確定先出牌的玩家從牌堆頂摸 2 張牌，使用 0 到任意張牌，加強自己的怪物或者攻擊他人的怪物。但必須遵守以下兩條規則：

◆ 每個出牌階段僅限使用一次【攻擊】。

◆ 任何一個玩家面前的特殊物件區裏只能放 1 張特殊物件牌。

每使用 1 張牌，即執行該牌上的屬性提示，詳見牌上的說明。

遊戲牌使用過後均需放入棄牌堆。

5. 在出牌階段，不想出或沒法出牌時，就進入棄牌階段。此時檢查玩家的手牌數是否超過當前的人物血量值（手牌上限等於當前的人物血量值），超過上限的手牌需要放入棄牌堆。

6. 回合結束，對手玩家摸牌繼續進行遊戲……直至一名玩家的血量值為 0（即死亡）。

7. 出牌順序：若挑戰隊為首發玩

「怪物對戰牌」場景版使用說明書
Monster Warcraft

 基本信息：單冊附贈 8 張卡牌。配合 1-4 部贈送卡牌後升級至 4 人版囉！
遊戲人數：4 人　　遊戲時間：5 — 20 分鐘

──「怪物對戰牌」擺放規則 ──

家，則排名第二位的出牌玩家必須為迎戰方。雙方隊伍中玩家的出牌順序必須錯開。

8. 判定的解釋：摸牌階段時，對要進行判定的牌需要先進行判定，翻開牌堆上的第一張牌，由這張牌的花色或點數來決定判定牌是否生效。

9. 怪物牌翻面的解釋：在輪到玩家的回合開始前，若是你的怪物牌處於背面朝上放置的狀態，請把它翻回正面，然後你必須跳過此回合。

10. 若遊戲未分出勝負，但牌堆的牌已經摸完，則重新將棄牌堆的牌洗混後，作為牌堆繼續使用。當所有場景牌用完之後，需要重新洗一遍場景牌，建立新的場景牌堆。

今年我們班上最流行的就是怪物對戰牌遊戲了！

【怪物卡牌一覽表】

怪物名稱	卡版	屬性等級	獲得方式
四不像	普通卡	D 級	隨書附贈
水精靈	普通卡	D 級	隨書附贈
藤條妖妖	普通卡	D 級	隨書附贈
巴巴里金獅	普通卡	C 級	隨書附贈
金剛狼	普通卡	B 級	隨書附贈
一尾狐蝠	普通卡	B 級	隨書附贈
魔靈獸	普通卡	A 級	隨書附贈
泰坦巨人	普通卡	S 級	隨書附贈
蒼赤虎（影子版）	普通卡	C 級	隨書附贈
花芽獸（影子版）	普通卡	C 級	隨書附贈
龍膽（影子版）	普通卡	B 級	隨書附贈
露姬兔（影子版）	普通卡	D 級	隨書附贈
大聖王	普通卡	B 級	隨書附贈
九尾狐	普通卡	D 級	隨書附贈
騎士甲蟲	普通卡	D 級	隨書附贈
惡魔酷丁	普通卡	D 級	隨書附贈
塞隆鼠	普通卡	B 級	隨書附贈
帝王鴉	普通卡	A 級	隨書附贈
帕米魯格	普通卡	A 級	隨書附贈
般若鬼王	普通卡	A 級	隨書附贈
水精靈（升級版）	普通卡	B 級	隨書附贈
大紅武章	普通卡	B 級	隨書附贈
克林姆林	普通卡	A 級	隨書附贈
鎖鏈魔神	普通卡	A 級	隨書附贈

GAME START 成為『怪物大師』就要憑實力！來場精彩的雙人對戰吧！洗牌開始！

「怪物大師」漫畫小劇場
Comic Theater
眼中的你我他

Comic：李仲宇 / Story：黃怡崢

「怪物大師」漫畫小劇場

Comic Theater

帝奇的生長痛

Comic：李仲宇 / Story：黃怡崢

你怎麼了？

我感覺腳踝那裏癢癢的，還有些痛，這種感覺是不是代表我要長高了？

豆丁小子，成長痛明明都是發生在晚上的！

我前兩年因為生長痛而半夜醒來，能聽到自己的骨頭發出咔吧咔吧的聲音，就像有千千萬萬隻蟲子在啃我的骨頭……

真……真的嗎？

編輯部特別獻禮

『怪物大師』中鮮為人知的小番外小趣味！

爆笑登場！

6

MONSTER MASTER

Especially written for kids aged 9-14

特別企劃・第一期偵查報告
【這裏，沒有祕密】

Q1. 你都讓布布路他們看見餃子的真面目了，為甚麼不讓我們看見呢？害我們只能在那裏瞎猜！

答：請參考已經出版的第七部中第150頁的插圖和即將出版的第11部中的插圖，然後再發揮你的想像力，相信你一定會看見真實的餃子！

Q2. 可以在「怪物大師」裏多加幾個女生角色嗎？

答：用心去看，你會發現「怪物大師」中的女生其實真不少。

Q3. 布布路爭奪怪物果實的時候特別厲害，我要問問作者，布布路是不是一定要在關鍵時候才放下棺材爆發小宇宙？

答：作者表示主角總要在關鍵時刻才發揮威力，這樣大家才覺得他厲害啊！當然，你也可以理解成這就是華麗麗的主角光環！

Q4. 四不像到底是甚麼怪物？十影王之一安古林說它是神物……太強悍了！

答：聽安古林的話沒錯，四不像是神物哦！

Q5. 布布路的爸爸到底是好人還是壞人？我已經被搞糊塗了。

答：故事中，每個人身處的陣營和立場不同，所以布諾在他們心目中的地位也不一樣。故事之外的我們會接收到每個人對於布諾的想法，我想在接下來的故事中，你會明白一切的。

Q6. 我覺得布布路其實也是富二代，你看他身上的棺材那麼值錢，為甚麼作者要把他塑造成可憐的窮困少年？

答：我能說……一點沒看出作者把布布路塑造成可憐的窮困少年嗎？

Q7. 為甚麼第八部後面沒有下集預告？怪物大師後面不出了嗎？

答：因為當時搭配文字的插圖來不及製作完成，而五至八部的出版刻不容緩，所以編輯部不得不放棄下集預告。不過第二個問題不用我回答，你也已經知道了吧，因為你現在手中拿的可就是第九部！

MONSTER MASTER
Especially written for kids aged 9-14

從賽琳娜的角度來看 人物關係圖

即使是作為孩子王的賽琳娜，也有大姐頭以外的一面哦！

※ 賽琳娜的獨白時間：

在摩爾本十字基地裏，我們四個人雖然被稱作吊車尾小隊，但我知道其實他們三個男生的實力都很強，這讓我很擔心自己在戰鬥中會拖累大家，所以我必須更加努力地學習，累積更多的實戰經驗。

我並不是想成為最強的人，可我一定要保護所有我愛的人！

Staff
製作團隊

宋巍巍
Vivison
【總策劃】

趙　婷
Mimic
■ 執行

黃怡崢
Miya
■ 文字

孫　潔
Sue

谷明月
Mavis

孫　東
Sun
■ 插圖

周　婧
Qiaqia

李仲宇
LLEe

蔣斯珈
Seega
■ 色彩

李禛褙
Kuraki
■ 灰度

宋蚺
Python
■ 設計

CREATED BY LEON IMAGE
Love & Dreams
MONSTER MASTER

[雷歐幻像] 作品
LEON IMAGE WORKS

□ 責任編輯：郭子晴
□ 裝幀設計：高　林
□ 排　版：時　潔
□ 印　務：劉漢舉

怪物大師
——遠古巨獸的斷齒迷蹤

□
著者
雷歐幻像

□
出版
中華教育

香港北角英皇道 499 號北角工業大廈一樓 B
電話：（852）2137 2338　傳真：（852）2713 8202
電子郵件：info@chunghwabook.com.hk
網址：http://www.chunghwabook.com.hk

□
發行
香港聯合書刊物流有限公司

香港新界大埔汀麗路 36 號
中華商務印刷大廈 3 字樓
電話：（852）2150 2100　傳真：（852）2407 3062
電子郵件：info@suplogistics.com.hk

□
印刷
美雅印刷製本有限公司

香港觀塘榮業街 6 號 海濱工業大廈 4 樓 A 室

□
版次
2016 年 3 月第 1 版
2018 年 1 月第 1 版第 2 次印刷
© 2016 2018 中華教育

□
規格
32 開（210 mm×140 mm）

□
書號
ISBN：978-988-8394-45-6

本書經由接力出版社獨家授權繁體字版
在香港和澳門地區出版發行